LES SEPT JOURS DE SIMON LABROSSE

Si sa vie vous intéresse

Carole Fréchette

CRÉATION AU QUÉBEC

LES SEPT JOURS DE SIMON LABROSSE de Carole Fréchette
a été créé le 12 février 1997 à la salle Pierrette-Gaudreault
de Jonquière, dans une mise en scène de Benoît Lagrandeur,
avec Stéphane Guignard (Simon), Sarah Doré (Nathalie) et
Michel Lalancette (Léo), dans une production Théâtre La Rubrique.

L'auteur a reçu le soutien du Conseil des arts et des lettres du Québec
pour l'écriture de cette pièce.

CRÉATION EN BELGIQUE

LES SEPT JOURS DE SIMON LABROSSE a écé créé le 4 avril 1997
au Théâtre Le Café à Bruxelles, dans une mise en scène de
Philippe Blasband, avec Miguel Decleire (Simon),
Aylin Yay (Nathalie) et Serge Larivière (Léo),
dans une production de Philippe Blasband et Théâtre Le Café.

CRÉATION EN FRANCE

LES SEPT JOURS DE SIMON LABROSSE a été créé
le 20 janvier 1999 au Théâtre Les Tisserands à Lomme
par le Théâtre Octobre, dans une mise en scène de
Didier Kerckaert, lumières de Olivier Vanderdonckt,
décor et costumes de Véronique Lambert et Lucie Mourier,
avec Géraldine Barbe (Nathalie), Stéphane Delbassé (Simon)
et Jean-Pierre Duthoit (Léo)

PERSONNAGES

Simon
Nathalie
Léo

Lorsque les spectateurs entrent dans la salle, Simon est sur scène. Il regarde de temps en temps les spectateurs. Il sourit nerveusement.

Au bout d'un moment, Nathalie entre en scène et vient parler à Simon à voix basse. Elle tient d'une main un ghetto blaster *et de l'autre une cassette vidéo. On sent que cette cassette est le sujet de la dicussion. Simon est de plus en plus nerveux. Il va en coulisse en appelant Léo. Nathalie le suit tout en continuant à argumenter. Ils reviennent sur scène.*

SIMON. Non Nathalie, c'est pas possible.

NATHALIE. Pourquoi ?

SIMON. Parce que... parce qu'on a pas le temps.

NATHALIE. Mais ça sera pas long, pis je suis sûre que ça va les intéresser.

SIMON. C'est pas la question.

NATHALIE. C'est quoi la question ?

SIMON. La question c'est que c'est ma vie qu'ils sont venus voir et pas la tienne.

NATHALIE. Hey, Simon, moi je te rends service, je te prête mon *ghetto*, pis toi tu veux même pas...

SIMON. Écoute, Nathalie, c'est plus le moment de discuter. *(Avant que Nathalie ait le temps de répliquer, il revient vers le public.)* Bonsoir... Euh...Vous avez bien fait de venir. Vous allez voir, ma vie, c'est passionnant. On va bientôt commencer, mais avant... *(Il regarde de tous les côtés.)* Voyons, où est-ce qu'il est, lui ?

NATHALIE. Si tu cherches Léo, il est dans' cave en train d'écrire ses poèmes. Il veut pas monter.

SIMON. Comment ça ?

NATHALIE. Il dit que c'est une idée stupide de jouer ta vie. Il est sûr qu'il y a pas un chat qui est venu.

SIMON. Ah Lui ! Des fois, j'en peux plus ! Bon, je vais aller le chercher. *(Au public.)* Ça sera pas long. Je reviens tout de suite. Je... je vous laisse avec Nathalie... *(Il fait signe à Nathalie de s'occuper du public.)*

Simon sort de scène et Nathalie demeure toute seule. Elle regarde le public sans rien dire pendant quelques secondes.

NATHALIE. Bonsoir ! Je m'appelle Nathalie. Je joue les rôles féminins dans la vie de Simon. C'est pas les rôles les plus intéressants, mais ça fait rien, je les joue avec beaucoup de conviction. Vous allez voir, je suis quelqu'un de très profond... Simon, je l'ai connu par une petite annonce. Il cherchait quelqu'un pour jouer dans sa vie. Quand il m'a vue, il a dit : « Tu ressembles à une fille que je connais, elle s'appelle Nathalie ». J'ai dit : « Tiens, moi aussi » ; il a dit : « Ma Nathalie à moi, est partie en Afrique, aider les plus démunis » ; j'ai dit : « Quelle drôle d'idée » ; il a dit « Comme ça, tu veux jouer dans ma vie ? » ; j'ai dit « Ça dépend ; combien ça paie ? »... *(Un temps.)* L'argent ça m'intéresse pas vraiment, mais là, j'en ai besoin pour payer mes cours... En ce moment, je prends des cours de bouche ; ça s'appelle « la bouche : ouverture et fermeture ». La bouche, c'est passionnant, vous trouvez pas ? Quand on y pense, la bouche, c'est la porte de l'être. C'est toi qui décides, ou bien tu l'ouvres ou bien tu la fermes... Moi, en tout cas, mon choix est clair... C'est parce que, voyez-vous, j'ai une vie intérieure assez exceptionnelle... *(Elle jette un coup d'œil pour voir si Simon s'en vient.)* Écoutez, comme on a un peu de temps, j'aimerais ça vous montrer quelque chose. *(Elle va chercher la cassette vidéo.)* Bon. Vous voyez cette cassette-là, eh bien, c'est pas n'importe quelle cassette, c'est...

À ce moment, Simon revient, tirant Léo par le bras. Nathalie cache tout de suite la cassette quelque part.

SIMON. Regarde, Léo, est-ce qu'ils sont venus, oui ou non ?

LÉO. Non.

SIMON. Oui, Léo, ils sont venus. Et pourquoi est-ce qu'ils sont venus, Léo ?

LÉO. Je le sais pas.

SIMON. Ils sont venus pour voir des extraits de ma vie « ordinaire et insignifiante », comme tu dis. Ma vie les intéresse, comprends-tu ce que ça veut dire ?

LÉO. Non.

SIMON. Ça veut dire que dans la vie, quoi qu'il arrive, il y a toujours de... De quoi, Léo ? Dis-le pour les gens.

LÉO. De l'angoisse.

SIMON. Non, Léo. Dans la vie, il y a toujours de...

LÉO. De la souffrance.

SIMON. Non, Léo. Essaye encore. Dans la vie, même dans les situations les plus difficiles, il y a toujours de... de l'...

LÉO. De la marde !

SIMON *(excédé)*. De l'espoir, Léo ! Répète après moi. Es-poir.

NATHALIE. Laisse-le tranquille, Simon ! Tu sais bien qu'il est pas capable, à cause de sa maladie.

SIMON. Je le sais, mais la maladie, il faut la combattre. *(À Léo.)* Dis au moins qu'ils sont venus... Ça, t'es capable, Léo. Dis : ils... sont... venus...

LÉO. Ils sont venus... mais... ils resteront pas !

NATHALIE. Simon, moi ça me fait rien, mais on devrait commencer.

SIMON. Oui, je le sais ! *(Il se retourne vers le public et sourit.)* Bonsoir ! Euh... Bon. Je voudrais vous présenter mes amis. D'abord, mon vieux chum Léo. Vas-y, Léo.

LÉO. Je m'appelle Léo. Quand j'étais petit, j'ai reçu une brique sur le cortex. Ça a fait une lésion minuscule à l'endroit précis où sont produits les mots p...euh... les mots p...

SIMON. Les mots positifs.

LÉO. C'est ça. Depuis ce temps-là, je peux pas en prononcer un seul. Pis je peux pas avoir une seule pensée p... p...

SIMON. Positive.

LÉO. Je suis négatif. J'haïs tout le monde et je crois en rien. Dans la vie de Simon, je joue les hommes antipathiques et détestables.

SIMON. Léo est un bon gars, mais c'est un grand malade. Continue, Léo.

LÉO. Si j'ai fini par accepter de jouer dans la vie de Simon, c'est parce qu'il faut que je ramasse de l'argent pour mon opération aux États-Unis. C'est lui qui a trouvé la clinique, dans une revue sur le cerveau...

SIMON. Le cerveau, c'est ma passion. Quand j'ai vu, en petits caractères au bas d'une page : *Positive Brain Clinic*, Houston, Texas, j'ai tout de suite pensé à Léo.

LÉO. Dans la vie, j'écris des poèmes sombres et déprimants, des poèmes infects et dégueul...

SIMON. Merci Léo. Maintenant, je vous présente Nathalie. Elle et moi, on s'est connus par une petite annonce.

NATHALIE. Je leur ai déjà dit.

SIMON. Ah bon ?

NATHALIE. Oui, et je leur ai parlé de mes cours de bouche. Mais j'ai rien dit sur mes cours de fonctions. *(Au public.)* Je voudrais prendre des cours de fonctions vitales...

SIMON. Nathalie, c'est pas nécessaire...

NATHALIE *(au public)*. C'est un programme très complet. Ça comprend des cours d'inspiration, d'expiration, de sudation, d'élimination...

SIMON. Merci Nathalie...

NATHALIE *(au public)*. Je suis sûre que ça vous intéresse, l'épanouissement des organes...

SIMON *(excédé)*. Nathalie !

NATHALIE. O.K. ! O.K. !

SIMON. Bon. Euh... Moi, je m'appelle Simon. Simon Labrosse. C'est pour moi que vous êtes venus... Actuellement, je suis sans emploi. Mais ça devrait pas durer. Je travaille très fort pour m'en sortir. Enfin, vous allez voir. Mes amis et moi on va vous présenter ma vie. Enfin, pas toute ma vie. J'y ai bien pensé, pis je me suis dit : sept jours, c'est juste assez.

NATHALIE. Faites-vous-en pas, sept jours c'est vite passé.

SIMON. Vous regretterez pas d'être venus. Tous les problèmes que j'ai, vous allez voir, ça va vous réconforter. En sortant d'ici, vous allez en parler à vos amis pour qu'ils viennent demain, pis après-demain, pis les jours suivants, comme ça je vais pouvoir payer mon loyer pis racheter mon *ghetto*. Enfin, bon. Je pense qu'on peut commencer. Bonne soirée !

Nathalie s'avance vers le public tenant un petit carton dans ses mains.

NATHALIE *(lisant)*. Au commencement était Simon et Simon était sans emploi. Le soleil brillait, les oiseaux chantaient, tous les espoirs étaient permis. Le matin du premier jour, le taux de chômage est à 10,4 % et les taux d'intérêt aussi. Simon se dit que pour une coïncidence c'est toute une coïncidence et que c'est sûrement son jour de chance.

Simon apparaît dans sa minuscule chambre. Il y a un lit, une chaise, une petite table sur laquelle est posé un énorme ghetto blaster.

Comme tous les matins, Simon commence sa journée par une cassette à son amie Nathalie, partie en Afrique aider les plus démunis.

Simon appuie sur le bouton d'enregistrement.

SIMON. Chère Nathalie. Comment vont les démunis ce matin ? Ici ça va bien. On a tout ici, tu comprends. On a des magasins grands comme des forêts, on a des guichets automatiques remplis de dollars canadiens, on a des gars super dynamiques qui sont sans emploi et qui se découragent pas. Cette nuit, Nathalie, j'ai rêvé à toi. T'étais dans ta petite chambre, en Afrique. Tu portais une robe colorée d'Afrique et tu chantais doucement un air d'Afrique... Nathalie, je suis inquiet. J'ai lu dans une revue sur le cerveau que les places sont limitées dans la mémoire. À mesure que tu vois des nouvelles choses t'en oublies des anciennes. Si tu vois... disons... un éléphant, t'oublies un orignal. Tu vois un baobab, t'oublies une épinette, t'entends les tam tam, t'oublies la musique à bouche ! Il faut pas que t'oublies d'où tu viens, Nathalie. C'est pour ça qu'à partir de ce matin, chaque jour, je vais te décrire un petit détail de la vie d'ici.

Quelque chose de concret, pour que tu te rappelles bien. Je vais commencer par euh... *(Il sort de sa poche un dépliant.)*... par la Chevrolet Corsica 1998. Alors imagine... *(Lisant le dépliant.)* Une auto confortable et attrayante, avec moteur V 6 et coussins gonflables en option à partir de 14 295 $. Disons qu'elle est au coin de Ste-Catherine et St-Denis... Il fait moins 25... Le gars est dans sa Corsica, les fenêtres fermées, les fesses au chaud, la lumière change, il part en douceur... Tu vois, Nathalie, ici c'est comme ça, la vie ; smooth et tempéré. Tu roules dedans, les fenêtres fermées, tu sens rien... Y penses-tu, des fois, à tout ce que t'as laissé derrière toi ? Je veux dire, les Chevrolet Corsica, pis les gars dynamiques qui ont des milliers d'idées pour s'en sortir... Ce matin, en me réveillant, Nathalie, j'ai eu une idée formidable, pour m'en sortir.

NATHALIE. Un peu plus tard, le même jour. Simon Labrosse, met à exécution sa première idée formidable.

Simon est debout, nerveux, devant une porte où il s'apprête à sonner. Il tousse un peu, respire à fond. Avant de sonner, il se fait une petite répétition. De l'autre côté de la porte, il y a un bruit de balayeuse.

SIMON. Bonjour ! je me présente : Simon Labrosse, sans emploi. Je m'excuse de vous déranger comme ça au milieu de l'après-midi ; pour me réinsérer dans la vie active, j'offre mes services à des prix vraiment compétitifs... *(Il sonne. Il essaie de se détendre. Il tousse. Pas de réponse. Il sonne à nouveau. À voix basse, il répète son petit texte de présentation.)* Bonjour, je me présente, Simon Labrosse, je m'excuse de vous déranger comme ça, au milieu de...

Il s'arrête brusquement. La porte s'ouvre. Un homme agressif, joué par Léo, apparaît dans le cadre de porte. Il tient dans sa main le tuyau d'une balayeuse.

L'HOMME AGRESSIF (LÉO). Qu'est-ce que c'est ?

SIMON. Euh... Bonjour, je me présente, Simon Labrosse, sans espoir, je m'excuse d'exister, comme ça au milieu de l'après-midi... Euh...

Il s'arrête, vaguement conscient de ne pas avoir dit exactement ce qu'il voulait dire.

L'HOMME AGRESSIF (LÉO). Quoi ? Écoute, j'ai pas de temps à perdre. Tu vois pas que je suis occupé ? Le sais-tu ce que je fais, là ? Le sais-tu ?

SIMON. Ben... euh... vous passez la balayeuse.

L'HOMME AGRESSIF (LÉO). Mais pourquoi je passe la balayeuse ? Le sais-tu pourquoi ?

SIMON. Ben là...

L'HOMME AGRESSIF (LÉO). Parce que le monde est sale, criss. Pi la vie est sale. La vie est un criss de tas de poussière qui roule sur le criss de plancher. Comprends-tu ?

SIMON. Euh... Oui, oui. Mais je... je pense que je peux faire quelque chose pour vous.

L'HOMME AGRESSIF (LÉO). Ça m'étonnerait.

SIMON. Je me présente : Simon Labrosse, cascadeur.

L'HOMME AGRESSIF (LÉO). Je te parle pas d'un film moi, là, je te parle de la vie, de la criss de vie sale.

SIMON. Justement ! C'est ça mon domaine, je veux dire : la vie, c'est mon domaine. Voyez-vous, je suis pas un cascadeur comme les autres. Ma spécialité c'est la cascade émotive.

L'HOMME AGRESSIF (LÉO). La quoi ?

SIMON. Laissez-moi vous expliquer. Au cinéma, on peut pas se permettre de mettre la vedette en danger, alors on paie quelqu'un pour prendre les risques à sa place. Même chose pour vous.

L'HOMME AGRESSIF (LÉO). Comment ça, pour moi ?

SIMON. Vous êtes la vedette. Je prends les risques.

L'HOMME AGRESSIF (LÉO). Mais quels risques ?

SIMON. Les risques émotifs ! Je fais les conversations difficiles, les soupers de famille, les chicanes de couple...

L'HOMME AGRESSIF (LÉO). Je comprends absolument rien de ce que tu me dis.

SIMON. Disons un soir de semaine, vous avez travaillé toute la journée, vous êtes fatigué, vous avez mal à la tête. Votre femme s'approche et vous dit : chéri, je voudrais qu'on parle.

L'HOMME AGRESSIF (LÉO). Ah, ben là, non !

SIMON. C'est ça ! Vous êtes contrarié. Mais elle insiste. Elle vous dit : je te trouve fermé, de ce temps-là.

L'HOMME AGRESSIF (LÉO) *(insulté)*. Moi, fermé ? Qu'est-ce que tu veux dire ?

SIMON. C'est ça, vous comprenez pas. Vous voulez seulement qu'elle vous laisse regarder la TV tranquillement, mais, tout à coup, elle se met à pleurer. Vous avez chaud, vous êtes mal à l'aise, et vous savez que la soirée va y passer. C'est à ce moment-là que vous m'appelez.

L'HOMME AGRESSIF (LÉO). Écoute-moi ben…

SIMON. Vous m'expliquez la situation et vous me dites en gros comment vous voulez que ça finisse : réconciliation, période de réflexion, rupture…

L'HOMME AGRESSIF (LÉO). Écoute-moi ben, là…

SIMON. Il y aura pas de bavure, je vous le garantis. Les émotions, j'ai ça naturel. C'est un don.

L'HOMME AGRESSIF (LÉO). Écoute-moi, je te dis ! Ma femme est partie samedi passé avec le gars du gaz, pis ils ont tout emporté, même le tapis. Pis ça faisait dix ans qu'on balayait tout en dessous du criss de tapis !

SIMON. Ah bon… Je… Je suis désolé… *(L'homme, accablé, remet la balayeuse en marche. Simon se précipite pour l'arrêter.)* Attendez ! Attendez ! Vous avez pas de femme, O.K., mais avez sûrement un père. Les tête-à-tête avec les pères, c'est ma spécialité.

L'HOMME AGRESSIF (LÉO). Mon père… Ça fait quinze ans que je l'ai pas vu, figure-toi donc.

SIMON. Ben, justement, disons qu'il est ici. Je peux vous faire une démonstration, tout de suite… euh… Bon, O.K. Disons que vous êtes votre père et puis moi je suis vous… Ben je veux dire : je suis moi qui prends votre place… Euh… Disons qu'on est au restaurant. On a pris un bon souper, disons du rôti de bœuf pis des patates pilées, pis là on fume un cigare…

L'HOMME AGRESSIF (LÉO). J'haïs le rôti de bœuf.

SIMON. O.K. Disons un bon spaghetti pepperoni.

L'HOMME AGRESSIF (LÉO). Je digère pas le pepperoni.

SIMON. Bon. On est pas allés au restaurant. C'est trop cher, pis c'est pas bon de toute façon. Non... on se retrouve chez lui. Dans le garage. Il est en train de changer son huile.

Simon prend un mouchoir dans sa poche et le met dans les mains de l'homme.

L'HOMME AGRESSIF (LÉO). Qu'est-ce que c'est ça ?

SIMON. Ben c'est le chiffon, pour essuyer l'huile. Pour pas salir vos mains, ben je veux dire, les mains de votre père...

L'HOMME AGRESSIF (LÉO). Mon père, juste à y penser, j'ai comme... je le sais pas, j'ai...

SIMON *(montrant le ventre de l'homme)*. Oui, je sais, vous avez une boule, ici. C'est pour ça que vous avez besoin de moi. Bon, alors, vous êtes là, avec votre chiffon taché d'huile, pis moi j'arrive en douceur...

L'HOMME AGRESSIF (LÉO). Non mais, une minute, là.

SIMON. Chut ! chut ! Laissez-moi faire. *(Il place l'homme en bonne position, avec le mouchoir dans les mains, et il commence à jouer.)* Papa, pour une fois qu'on se retrouve tout seuls tous les deux, je voudrais te dire...

L'HOMME AGRESSIF (LÉO). Je veux rien savoir.

SIMON. Regarde-moi, papa. Je suis grand, je suis fort, mais à l'intérieur je suis toujours ton petit gars.

L'HOMME AGRESSIF (LÉO). Je veux rien savoir, comprends-tu ça ?

SIMON. Te souviens-tu quand je jouais au hockey midget... T'avais dit que tu viendrais me voir jouer pour le championnat provincial. Je t'ai attendu, papa...

L'HOMME AGRESSIF (LÉO). Mais de quoi tu parles ?

SIMON *(touchant l'épaule de l'homme)*. Fais pas semblant que tu t'en souviens pas. Tu m'as blessé, papa...

L'homme éclate de colère.

L'HOMME AGRESSIF (LÉO). Lâche-moi, criss ! Mon père, je l'ai pas vu depuis quinze ans, pis si je le voyais, j'aurais juste envie d'y tirer une chaise par la tête. La famille, je veux rien savoir de ça. Comprends-tu ça ?

L'homme repart la balayeuse.

SIMON. O.K ! O.K ! On en parle plus. Vous avez raison, la famille, c'est fini ! Mais il reste les amis ! *(Il va arrêter la balayeuse.)* Un vieux chum alcoolique, vous savez pas comment lui dire d'arrêter de boire. Je peux faire ça pour vous... *(L'homme repart la balayeuse. Simon l'arrête.)* Écoutez, prenez-moi à l'essai. Je veux travailler ! On peut commencer par un petit contrat... Quelque chose de pas trop compromettant. Je sais pas moi... disons... une engueulade avec un épais qui a stationné à votre place...

L'HOMME AGRESSIF (LÉO). Pis une engueulade avec un épais qui veut vivre ma criss de vie à ma place, ça ferait-tu ton affaire ?

SIMON. Euh... Oui, oui. Si vous voulez. Je suis prêt à commencer.

L'HOMME AGRESSIF (LÉO) *(complètement hors de lui)*. Mais t'es complètement bouché ! J'en veux pas de tes services, c'est-tu clair ? Maintenant tu vas sortir d'ici, compris ?

SIMON *(sortant une carte de sa poche)*. Comme vous voulez. Mais je vous laisse ma carte. Si jamais vous connaissez quelqu'un qui a besoin d'émotions. Simon Labrosse, cascadeur émotif.

L'homme prend la carte et la déchire en mille miettes. Les petits morceaux tombent sur le plancher.

NATHALIE *(s'adressant au public)*. Le soir du premier jour, Simon rentre chez lui et regarde son courrier. Comme chaque soir, il est déçu, et pour se consoler, il se prend une petite tasse de thé.

Simon prend un thé devant son ghetto blaster. *Au bout d'un moment, il appuie sur le bouton d'enregistrement.*

SIMON. J'ai encore rien reçu de toi aujourd'hui, Nathalie. Mais tu dois être très occupée. Je comprends ça. L'Afrique, ça occupe, c'est sûr... Bon, ben, je vais te laisser. Bonne nuit à toi, Nathalie, et à tous les démunis.

Léo traverse la scène en maugréant. Simon lui court après.

SIMON. Léo, où est-ce que tu vas ?

LÉO. Dans la cave. J'ai des poèmes à écrire.

SIMON. Mais voyons donc, on n'a pas fini !

Simon et Léo disparaissent en coulisses. Nathalie reste seule sur scène, tenant sa cassette derrière son dos.

NATHALIE. Je sais pas ce que vous en pensez, mais à mon avis Simon se trompe complètement. Non mais c'est vrai, il cherche des solutions à l'extérieur alors que la réponse est là, dans ses organes. Moi je me dis : à quoi ça sert de trouver un emploi si tes organes sont pas épanouis ? *(Montrant sa cassette.)* D'ailleurs, justement, dans ma cassette…

À ce moment, Simon revient en tirant Léo. Nathalie cache sa cassette.

SIMON. Maintenant, tu restes ici.

LÉO. Tu m'as dit que, pendant que je joue pas, je pourrais finir mes poèmes.

SIMON. O.K. *(Il va chercher un stylo et une tablette de papier et les donne à Léo.)* Mais t'écris ici. *(Il l'installe un peu en retrait.)* Tu bouges plus d'ici. Compris ?

LÉO. Non !

SIMON. Oui ! Léo. Quand on est d'accord on dit : oui.

LÉO. Mais je suis pas capable, tu le sais !

SIMON. Bon, écoute, laisse faire, pis écris, O.K. ?

À partir de ce moment, Léo se met à écrire avec ferveur. Il ne s'interrompt que pour aller faire ses présentations et jouer ses petits morceaux puis il reprend aussitôt son travail.

Simon se tourne vers le public.

Bon. On enchaîne.

Simon va se préparer pour le second jour. Dans son coin, Léo écrit fiévreusement.

NATHALIE. Il y eut un soir, il y eut un matin. Et Simon ne se découragea pas. Dans la nuit, pendant que Simon essayait de dormir, l'intérêt sur la dette a continué de courir. Au matin du deuxième jour, la dette nationale est passée à 524 milliards 242 millions 613 mille 854 dollars et 89 sous et la dette personnelle de Simon à 13 854 dollars et 89 sous. Simon se dit que pour une coïncidence c'est toute une coïncidence et que c'est certainement son jour de chance.

Simon enregistre sa cassette pour Nathalie. Il tient dans sa main un contrôle à distance.

SIMON. Tu vois, Nathalie, c'est en plastique, c'est noir avec des boutons. Tu pèses sur un bouton, tu vois des femmes, tu pèses encore, tu vois le prix de l'or, tu pèses, tu vois des chars d'assaut, tu pèses, tu vois l'Afrique. Ça s'appelle le contrôle à distance. La vie c'est comme ça, ici, Nathalie, en plastique léger, facile, tu la tiens dans ta main pis tu la fermes quand tu veux. On peut tout faire ici, Nathalie, à condition d'avoir des idées. Moi j'en ai tellement que ça me réveille la nuit. Les idées, il paraît que c'est chimique. Je l'ai lu dans une revue.

LÉO. Un peu plus tard, le même jour. Simon Labrosse met à exécution sa deuxième idée.

Une jeune femme, jouée par Nathalie, est assise à la table d'un café. Elle regarde l'heure et elle fume. Simon entre en scène. On sent qu'il s'est dépêché.

Simon regarde la jeune femme. À la fois flattée et mal à l'aise, elle change de position. Il fait le tour de la table et la regarde encore. Elle se détourne encore. Il s'approche et l'aborde enfin.

SIMON. Vous êtes parfaite.

LA JEUNE FEMME (NATHALIE). Moi ?

SIMON. Oui, vous. Vous êtes exactement la fille qu'il faut pour...

LA JEUNE FEMME (NATHALIE). Pour quoi ?

SIMON. Pour ce que j'ai à offrir.

LA JEUNE FEMME (NATHALIE). Ah bon ?

SIMON. Je me présente : Simon Labrosse, spectateur.

LA JEUNE FEMME (NATHALIE). Ah mais moi, je fais pas de spectacles !
Malheureusement, je suis pas douée pour ça.

SIMON. Mais justement, moi je regarde pas les spectacles, je regarde
les gens. Ma spécialité, c'est la vie ordinaire.

LA JEUNE FEMME (NATHALIE). Ah bon ?

SIMON. Et je suis sûr que vous avez une vie très ordinaire...

LA JEUNE FEMME (NATHALIE). Ben là, pas tant que ça...

SIMON. Comprenez-moi bien, je veux pas dire que vous faites rien.
C'est pas ça. Vous faites beaucoup de choses : vous allez dans les
cafés, vous prenez des eaux Perrier, vous fumez des cigarettes...

LA JEUNE FEMME (NATHALIE). C'est pas tout : je... je lis des articles,
je vois des gens, je mange des aliments...

SIMON. Oui c'est ça que je dis : vous avez l'air d'avoir une vie bien
remplie, mais au fond, vous avez pas vraiment l'impression d'exister.
Est-ce que je me trompe ?

LA JEUNE FEMME (NATHALIE). Non... euh... je veux dire, oui. Enfin,
je... je le sais pas.

SIMON. Voyez-vous, je sais exactement ce que vous ressentez.

LA JEUNE FEMME (NATHALIE). Ah bon ?

SIMON. Votre vie se déroule sans que personne s'en aperçoive.

LA JEUNE FEMME (NATHALIE). Ben là, une minute. Y a quand même
ma mère qui...

SIMON. Ça c'est sûr, votre mère vous appelle toutes les semaines
pis elle vous fait de la dinde à Noël, mais est-ce que ça compte
vraiment ? Je veux dire : est-ce que c'est ça qui remplit votre vie ?

LA JEUNE FEMME (NATHALIE). Ben là...

SIMON. Soyez honnête, pour une fois.

LA JEUNE FEMME (NATHALIE). Euh... Pas vraiment.

SIMON. Bon ! Vous voyez ! Je savais que vous aviez besoin de moi.

NATHALIE. Vous pensez ?

SIMON. C'est évident. Votre problème de fond, c'est que vous êtes toujours à l'arrière-plan.

NATHALIE. Ah oui ?

SIMON. Comme si vous étiez figurante dans un film à grand déploiement. Disons, une esclave dans un film de Romains, ou bien... je sais pas moi...

LA JEUNE FEMME (NATHALIE) *(amère)*. Un bison, dans un film de Kevin Kostner.

SIMON. Oui, c'est ça ! Enfin, je veux dire... Vous êtes là, à l'arrière-plan, cachée par la foule, par le décor, personne ne vous voit.

LA JEUNE FEMME (NATHALIE). Personne.

SIMON. Ce qui vous manque, c'est quelqu'un qui vous regarde.

LA JEUNE FEMME (NATHALIE). Vous pensez ?

SIMON. C'est sûr. Prenez un film, n'importe lequel. Disons un film d'atmosphère où il se passe pas grand-chose...

LA JEUNE FEMME (NATHALIE). Un film français ?

Dans son coin, Léo écrit toujours. Manifestement insatisfait, il froisse des feuilles et les jette un peu partout.

La jeune fille fouille dans son sac et prend une cigarette.

SIMON. Oui, français, si vous voulez. Le film commence. On voit une fille, assez jeune, disons qu'elle a les cheveux...

NATHALIE. Bruns ! *(La couleur de ses propres cheveux.)*

SIMON. Disons pas trop grande, à peu près...

NATHALIE. 5 pieds 4 ? *(Sa propre taille.)*

SIMON. Si vous voulez. Pas laide, mais pas vraiment jolie. Une fille ordinaire finalement. La voyez-vous ?

LA JEUNE FEMME (NATHALIE). Euh... oui, oui... je la vois très bien.

SIMON. Elle rentre dans un café, elle s'allume une cigarette. *(Nathalie s'allume une cigarette.)* Nous on regarde ça pis on se dit : qu'est-ce qui va arriver ? Est-ce qu'elle va rencontrer un gars ?

LA JEUNE FEMME (NATHALIE). Oui ? Est-ce qu'elle va tomber en amour ? Est-ce que sa vie va changer ?

SIMON. C'est ça ! Vous voyez ! Tout de suite on est intrigué.

LA JEUNE FEMME (NATHALIE). Pis qu'est-ce qui arrive, finalement ?

SIMON. Ça a pas d'importance, ce qui arrive. Ce qui compte c'est que tout ce qu'elle fait devient intéressant. Elle fume, c'est intéressant. Elle se met du rouge à lèvres, c'est sensuel. Elle replace ses cheveux, c'est mystérieux. *(Instinctivement, Nathalie replace ses cheveux.)* Plus on la regarde, plus sa vie a l'air passionnante. Savez-vous pourquoi ?

LA JEUNE FEMME (NATHALIE). Euh... non.

SIMON. Parce qu'on a les yeux rivés sur elle. C'est tout.

LA JEUNE FEMME (NATHALIE). C'est tout ?

SIMON. Absolument. Ce qu'il vous faut, pour donner un sens à votre vie, c'est quelqu'un qui vous regarde. Pour un prix très raisonnable, moi je peux faire ça pour vous.

LA JEUNE FEMME (NATHALIE). Ah... *(Déçue.)* Il faut payer. C'est parce que là, c'est un peu difficile en ce moment, je veux dire financière-ment.

SIMON. Mais je vous chargerai pas cher pis je vais vous regarder comme si vous aviez le premier rôle. La fille qui replace ses cheveux en gros plan, c'est vous, la fille qui enlève ses bas en gros plan, c'est vous.

LA JEUNE FEMME (NATHALIE). Ben là, une minute, il est pas question que j'enlève mes bas.

SIMON. Non, non ! je disais ça comme ça. Au début, on peut s'en tenir aux lieux publics. Je pourrais vous regarder dans le métro, au restaurant, à l'épicerie... Écoutez, si vous voulez, je vous fais un spécial. Deux minutes gratuites pour essayer.

LA JEUNE FEMME (NATHALIE). Maintenant ? Ben là, je sais pas. Je suis pas arrangée. *(Elle replace ses cheveux discrètement.)*

SIMON. Touchez à rien. Vous êtes parfaite ! Bon, êtes-vous prête ?

LA JEUNE FEMME (NATHALIE). Euh... je le sais pas là. Qu'est-ce qu'il faut que je fasse ?

SIMON. Rien, justement ! C'est moi qui fais tout. Voyez-vous, c'est ça qui est extraordinaire. Vous faites rien, pis tout à coup, vous vous sentez exister ! Bon, on commence-tu ?

LA JEUNE FEMME (NATHALIE). Si je me levais ! Il me semble que ce serait mieux. Plus vivant, vous trouvez pas ? Je pourrais m'appuyer nonchalamment sur la table comme ça. J'ai vu ça dans un article sur l'attitude. Ça fait naturel.

SIMON. Écoutez, ça n'a aucune importance, ce que vous faites, ce qui compte c'est ce que moi je fais.

LA JEUNE FEMME (NATHALIE). Ah pis non, j'aime mieux être assise, ça me correspond plus. O.K., disons que je suis assise, pis je pense. C'est-tu correct ça ?

SIMON. C'est parfait. Bon. On commence-tu ? *(Il regarde sa montre.)*

LA JEUNE FEMME (NATHALIE). Attendez ! Euh... je voudrais juste... ça sera pas long...

Elle fouille dans son sac et en sort un petit miroir et un rouge à lèvres. Elle maquille ses lèvres. Simon commence vraiment à s'impatienter.

SIMON. Bon, ça suffit ! Vous êtes parfaite. Maintenant on commence. *(Il regarde sa montre.)* Quatre, trois, deux, un, zéro. C'est parti !

Simon se place un peu en retrait et regarde la jeune femme avec insistance. Celle-ci est extrêmement mal à l'aise. Elle change de position, essaie de se concentrer. Petit jeu muet.

LA JEUNE FEMME (NATHALIE) *(n'osant pas trop bouger)*. Euh... Est-ce qu'on peut arrêter dix secondes ?

SIMON. Pourquoi ?

LA JEUNE FEMME (NATHALIE). Il faudrait que... il faut que je me mouche.

SIMON. Mais il faut pas arrêter pour ça, voyons !

LA JEUNE FEMME (NATHALIE). Ben là, je veux pas que vous regardiez ça ! C'est pas intéressant.

SIMON. Au contraire. C'est les petits détails comme ça qui font vrai. Allez-y.

LA JEUNE FEMME (NATHALIE). Bon.

Elle se détourne et se mouche en cachette puis elle reprend sa position. Simon la regarde toujours, tout en vérifiant le temps écoulé sur sa montre. La jeune femme est de plus en plus stressée.

LA JEUNE FEMME (NATHALIE). Ça achève-tu là ?

SIMON. Non, non. Il vous reste encore du temps. Commencez-vous à le sentir ?

LA JEUNE FEMME (NATHALIE). Quoi donc ?

SIMON. Ben que vous existez !

LA JEUNE FEMME (NATHALIE). Euh... pas vraiment.

SIMON. C'est parce que vous vous laissez pas aller.

LA JEUNE FEMME (NATHALIE). Écoutez, je pense que je suis pas prête.

SIMON. Pas prête pour quoi ?

LA JEUNE FEMME (NATHALIE). Pour tout ça : le premier rôle, l'existence, le sens de ma vie... je trouve ça stressant.

SIMON. Mais voyons, donnez-vous une chance, c'est sûr que ça va marcher.

LA JEUNE FEMME (NATHALIE). Je suis pas prête, je vous dis ! Ça sert à rien de me brusquer. Je me connais, si je suis pas à l'aise, je vais juste faire des gaffes.

SIMON. Mais même vos gaffes, je vais les regarder avec intensité.

LA JEUNE FEMME (NATHALIE). Mais je veux pas que vous regardiez. Ça m'épuise. Même maintenant, vous me regardez là, pis je me sens pas bien, j'ai chaud, je suis étourdie. S'il vous plaît, fermez vos yeux.

SIMON. Quoi ?

LA JEUNE FEMME (NATHALIE). Fermez vos yeux, juste un peu. Ça va me reposer.

SIMON. Ben là...

LA JEUNE FEMME (NATHALIE). S'il vous plaît, juste une minute.

SIMON. Bon. *(Il ferme les yeux.)*

Elle prend ses choses et se prépare à partir pendant que Simon a les yeux fermés.

LA JEUNE FEMME (NATHALIE). Écoutez, vous êtes sûrement très compétent, mais moi, en fait, les spotlights, les gros plans, ça me correspond pas. Comprenez-vous ? Moi c'est plutôt l'ombre, finalement.

SIMON. On peut essayer la nuit, si vous voulez ! Je pourrais vous regarder dans le noir.

LA JEUNE FEMME (NATHALIE). Insistez pas.

La jeune femme sort en douce. Simon, qui a toujours les yeux fermés, sort quelques cartes de visite de sa poche.

SIMON. Bon. O.K. Mais je vous laisse quand même ma carte, si jamais vous connaissez quelqu'un qui a besoin d'exister. *(Il tend sa carte et attend un moment, puis il ouvre les yeux et constate que la jeune fille est partie.)* Simon Labrosse, spectateur personnel.

LÉO. Le soir du deuxième jour, Simon rentre chez lui et regarde son courrier. Fatigué et contrarié, il se prend un petit café.

Simon vérifie son courrier avec fébrilité. N'y trouvant pas ce qu'il espère, il lance les lettres par terre.

Léo retourne dans son coin et continue d'écrire ses poèmes.

Simon enregistre une cassette.

SIMON. Toi, Nathalie, si t'étais ici, je te regarderais toute la journée, pis je te ferais même pas payer. Je te regarderais te moucher ou te gratter, je te regarderais mâcher de la gomme, replacer tes cheveux, soupirer, bâiller, t'ennuyer. Pis toi tu te sentirais exister tellement fort que t'aurais plus besoin de sortir, plus besoin de bouger, plus jamais besoin d'aller en Afrique pour te donner l'impression de vivre intensément. L'intensité, tu l'aurais gratis, avec un professionnel. Penses-y, Nathalie. Si tu voulais, ça pourrait marcher...

Léo, qui était retourné à ses poèmes, éclate de colère. Il donne un grand coup de poing sur la table et il crie.

LÉO. Ça marche pas ! C'est pourri, complètement pourri ! Ça vaut rien, c'est minable, insignifiant, débile...

Simon va vers Léo.

SIMON. Léo, qu'est-ce qu'il y a encore ? Tu m'avais promis...

LÉO. Tu comprends pas ? Tout ce que je fais, c'est nul, archinul, méprisable, imbécile, ridicule...

SIMON. Mais non, Léo, c'est dans ta tête, tu le sais.

LÉO. Ben justement ! Je vais me l'arracher, ma maudite tête !

SIMON. Écoute, Léo, tiens bon. Si on ramasse assez d'argent, tu vas l'avoir ton opération.

LÉO. Ça marchera pas. Avec moi, ça marchera pas l'opération, pis je vais continuer toute ma vie à écrire des insanités. Pis jamais personne va s'... va s'...

SIMON. S'intéresser...

LÉO. ... à mes poèmes. Pis je vais rester tout seul comme un con avec des poèmes de con.

SIMON. Dis pas ça... Écoute... *(Il entraîne Léo un peu à l'écart pour que Nathalie ne l'entende pas.)* Je vais faire une affaire avec toi. Tu continues à écrire tes poèmes, en silence, pis tout à l'heure, je te donne cinq minutes...

LÉO. Pour quoi faire ?

SIMON. Ben pour les réciter devant tout le monde.

Simon et Léo regardent un instant le public. Léo réfléchit.

LÉO. Moi ?

SIMON. Tu vas voir... ils vont aimer ça. Tes idées sombres, ton désespoir, ça va leur faire du bien.

LÉO. Ça se peut pas.

SIMON. Oui ça se peut, Léo. Je te jure que ça se peut... *(Au public.)* J'espère que vous commencez à vous sentir mieux. Je vous l'avais dit, vos petits problèmes, c'est rien à côté des miens. *(Se retournant vers Léo.)* Viens, Léo, il faut continuer... Tout à l'heure, je te le promets, je te donne cinq minutes.

Nathalie revient des coulisses.

NATHALIE. Quelles cinq minutes ?

SIMON. Laisse faire ça, Nathalie.

LÉO. Simon a dit que j'aurais cinq minutes pour réciter mes poèmes.

NATHALIE *(à Simon)*. Hey, Simon Labrosse ! Tu me refuses du temps à moi pis tu lui donnes cinq minutes pour lire ses poèmes pourris ! C'est quoi l'affaire ?

LÉO *(à Simon)*. Tu vois, elle aussi elle les trouve pourris.

SIMON *(au public)*. Excusez-nous, euh... on a encore une toute petite chose à régler.

NATHALIE. Simon, je t'ai posé une question.

SIMON. Écoute, Nathalie, Léo a besoin de ça. C'est un malade, tu le sais.

NATHALIE. Pis ? Il a juste à se prendre en mains. Il y a des cours pour ça. Il se donne des cours de cortex très efficaces, j'y en déjà parlé.

LÉO. Je veux rien savoir de tes cours débiles, comprends-tu ça ?

NATHALIE. Simon, fais quelque chose sinon je vais me fâcher.

SIMON. Attendez, là. Commencez pas. C'est pas le moment.

NATHALIE. En tout cas, si y prend cinq minutes, moi aussi !

SIMON. Quoi ?

NATHALIE. Moi aussi j'ai des choses à dire. Je suis quelqu'un qui a une vie intérieure, figure-toi donc !

SIMON. Mais tout le monde en a une, Nathalie. Moi, par exemple, je me pose énormément de questions.

NATHALIE. Non, mais moi c'est exceptionnel. Ma vie intérieure est tellement intense qu'il y a un producteur français qui va peut-être m'acheter les droits.

SIMON. Quels droits ?

NATHALIE. Les droits de mon intérieur, figure-toi.

LÉO. On s'en fout de ton intérieur.

NATHALIE. Toi peut-être, mais tout le monde est pas malade comme toi. *(Au public.)* Vous, je suis sûre que ça vous intéresse. Voyez-vous, l'autre jour, j'avais un malaise ici. *(Elle montre son ventre.)*

LÉO. Tu vois bien que t'es malade toi aussi.

NATHALIE. Simon, fais-le taire, sans ça...

SIMON. Bon, ça suffit, Léo, tu continues tes poèmes. Pis toi Nathalie tu...

NATHALIE *(au public)*. Donc, j'avais un malaise ici. Pour commencer, j'ai cru que c'était à cause de mes cours d'abdomen...

SIMON. Nathalie ! Il faut continuer !

NATHALIE *(toujours au public)*. Mais c'était pas ça du tout. Ils m'ont fait toutes sortes de tests...

SIMON. Nathalie, ça suffit !

NATHALIE. Je veux mes cinq minutes !

SIMON. O.K. OK ! Tu vas les avoir tes cinq minutes. Mais pas maintenant. Tout à l'heure.

NATHALIE. Tu me le jures ?

SIMON. Oui, oui, je te le jure.

NATHALIE. Bon. Très bien. *(Elle s'adresse au public.)* Il y eut un soir, il y eut un matin et Simon ne se découragea pas. Au matin du troisième jour, il apprend que le déficit de son pays équivaut, toutes proportions gardées, à celui du Burundi. Cela le rapproche incontestablement de son amie Nathalie, partie en Afrique aider les plus démunis.

Simon est devant son ghetto blaster.

SIMON. Nathalie, ce matin, je voulais te parler du pain tranché, mais je suis trop préoccupé. C'est au sujet de mon cerveau. Tu vois, j'ai peur d'être atteint. Cette nuit, j'ai lu un article à propos d'une maladie terrible ; c'est un petit trou dans le cortex visuel qui fait que t'es plus capable d'avoir une image mentale des choses que tu connais.

On entend frapper à la porte. Agressivement.

VOIX D'HOMME (LÉO). Labrosse ?

SIMON. Qu'est-ce que c'est ?

VOIX D'HOMME (LÉO). C'est de la part du propriétaire.

SIMON. Euh... Monsieur Labrosse est pas ici. Je pense qu'il est parti travailler.

VOIX D'HOMME (LÉO). Fais-y donc un message de ma part. Dis-y qu'il est ben mieux de payer les trois mois de loyer qu'il doit, sans ça il va avoir affaire à moi.

SIMON. Euh... c'est très bien, je vais lui faire le message. *(Il continue à parler au* ghetto.*)* Dans l'article, ils parlaient d'un cas épouvantable : un homme en Australie qui est plus capable de se former une image mentale de sa femme. Quand elle est devant lui, il la reconnaît, mais quand elle est pas là, il est pas capable de l'imaginer. Il dit son nom – disons qu'elle s'appelle Nathalie –, il dit « Nathalie », pis dans sa tête y voit rien.

On frappe à nouveau la porte.

VOIX D'HOMME (LÉO). Labrosse ! J'ai juste un conseil à te donner : t'es ben mieux de payer. Sinon je donne pas cher de toi. Compris ?

SIMON. Euh... Oui, oui. je... Je lui fais le message. *(Revenant au* ghetto.*)* J'ai peur, Nathalie. J'ai peur d'être atteint par la maladie. Parce que depuis un bout de temps, quand je dis le mot AVENIR, je vois plus rien ! Mais ce qui me rassure, tu vois, c'est qu'au niveau des idées, ça change rien. Je veux dire, mon cerveau en produit toujours autant. Des idées, Nathalie, j'en ai tellement que... que je pourrais en donner aux plus démunis.

NATHALIE. Un peu plus tard le même jour, Simon essaie sa troisième idée.

Simon s'assoit sur un banc de parc. Il déplie un journal et se met à lire. Un gars et une fille assez jeunes, joués par Léo et Nathalie, font leur entrée. Ils viennent s'asseoir à côté de Simon tout en discutant.

LE GARS (LÉO). Non mais c'est pas ça que... Tu comprends pas ce que... Quand je dis que ça va mal, je veux pas juste dire que ça... je veux dire que c'est...

LA FILLE (NATHALIE). Je le sais ben... C'est pour ça que moi en tout cas je... Non mais, tu regardes ça pis tu te dis, t'sais...

VOIX D'HOMME (LÉO). Non mais c'est pas ça. Le pire, c'est que tu regardes autour de toi pis tu vois... euh... des autos, des TV, des toasters, des bureaux, pis toi ben...

LA FILLE (NATHALIE). C'est ça, t'sais, tu regardes le monde pis... t'es pas là, t'es juste pas là, pis tu te dis...

VOIX D'HOMME (LÉO). Non mais c'est pas ça. Tu comprends pas bien là... C'est pas que t'es pas là. Au contraire, t'es là en hostie. En tout cas moi je suis là, mais c'est comme si je me sentais... je sais pas, comme si j'étais... complètement...

SIMON *(toujours derrière son journal)*. ... désespéré.

LE GARS (LÉO) *(distraitement)*. Hein ?

LA FILLE (NATHALIE). Non mais moi c'est différent. Je me sens comme... on dirait que je me sens comme...

SIMON *(derrière son journal)*. ... abandonnée.

LA FILLE (NATHALIE). Ouin, c'est ça. Pis des fois je me dis que...

SIMON *(derrière son journal)*. ... que je devrais partir d'ici, mais je sais pas où aller parce que c'est le monde entier qui est fucké.

LA FILLE (NATHALIE) *(se tournant vers Léo)*. Ouin. C'est ça ! C'est drôle, tu dis exactement ce qu'il y a dans ma tête...

LE GARS (LÉO). Moi ? j'ai rien dit !

LA FILLE (NATHALIE). Ah non ? Ben d'abord qui a dit ça ?

SIMON *(baissant son journal et leur tendant sa carte).* Je me présente :
Simon Labrosse, finisseur.

LE GARS (LÉO). Simon qui ?

SIMON. Labrosse, finisseur.

LA FILLE (NATHALIE). Comment ça, finisseur ?

SIMON. Finisseur de phrases. C'est ma profession.

LA FILLE (NATHALIE). Vous voulez dire que vous, euh...

SIMON. ... que vous finissez les phrases laissées en suspens ?

LA FILLE (NATHALIE). Ouin c'est ça que je voulais dire mais...

SIMON. Vous voyez. Ça marche parfaitement.

LA FILLE (NATHALIE). Non mais là, je comprends pas. Je veux dire,
c'est quoi la...

SIMON. C'est quoi l'idée au juste ?

LA FILLE (NATHALIE). Ouin, c'est quoi ?

SIMON. L'idée c'est d'aller au bout.

LE GARS (LÉO). Tu veux dire aller au bout de...

SIMON. ... au bout de votre idée. Je vous écoute depuis tout à l'heure.
Vous avez des choses à dire, des choses très importantes...

LA FILLE (NATHALIE). Ouin, ça c'est vrai, mais, euh...

SIMON. Malheureusement, c'est pas de votre faute, mais vous êtes
incapables d'aller au bout de votre pensée. Moi, si vous voulez, je
peux y aller pour vous. « Aller au bout », c'est ma spécialité. Comprenez-vous ?

LA FILLE (NATHALIE). Je suis pas sûre, là...

LE GARS (LÉO) *(à la fille).* Toi, évidemment, la pensée, ça te dit rien.
C'est trop fort pour toi.

LA FILLE (NATHALIE). J'ai une pensée très développée, tu sauras. Si je l'exprime pas, c'est juste parce que...

SIMON. ... parce que j'ai pas assez de mots pour l'expliquer.

LE GARS (LÉO). Ben voyons donc !

LA FILLE (NATHALIE). Disons que je veux parler de la société, je la vois dans ma tête, la maudite société, je la vois très bien, euh... Je veux dire je vois du monde, beaucoup de monde ben occupé... je vois tout le monde qui...

SIMON. ... qui court comme des fous autour d'une rangée de chaises.

LE GARS (LÉO). Hein ? Quelles chaises ?

LA FILLE (NATHALIE). Ben les chaises là... les chaises...

SIMON. ... les chaises droites, bien alignées, au milieu de la société. Tout le monde court autour pis la musique joue à tue-tête, une grosse musique heavy. Pis tout à coup, sans avertir, il y a quelqu'un qui arrête la musique, pis tout le monde se précipite, mais il y a pas assez de chaises pour tout le monde, pis au prochain tour, au lieu d'en rajouter, ils en enlèvent une de plus.

LA FILLE (NATHALIE). C'est ça. Pis moi, ben... moi je m'assois dans le beurre à chaque fois pis...

SIMON. ... pis je suis éliminée.

LA FILLE (NATHALIE). C'est ça.

LE GARS (LÉO). Non mais c'est pas ça. Moi, mon problème c'est pas les chaises, c'est la vie, hostie. La vie, je la regarde pis je comprends pas que...

SIMON. ... que ça soit aussi pénible que ça.

LA FILLE (NATHALIE). Là je suis pas d'accord parce que, t'sais, la vie c'est rien, t'as juste à te lever tous les matins, t'as juste à respirer... Mais la société elle... La société, qu'est-ce que tu veux... tu peux pas... je veux dire... la société est partout, elle est dans tes céréales, dans ta TV, dans ton compte d'électricité...Elle toujours là pour te dire que...

SIMON. ...que t'es pas tout à fait à la hauteur, que t'as pas les bonnes idées au bon moment, que t'auras beau te forcer, il y en a toujours un meilleur que toi, qui a sa photo dans le journal pendant que tu sèches dans l'anonymat.

LA FILLE (NATHALIE). C'est ça, en quelque part, tu sèches pis...

LE GARS (LÉO). Non mais tu comprends pas. La société, il y a rien là... Tu peux la faire sauter l'hostie de société, mais la vie, elle... qu'est-ce que tu fais... Je veux dire quand tu te lèves le matin pis... quand tu sais même pas si...

SIMON. ... si t'es comme une brique dans le grand édifice de l'humanité ou bien si t'es juste un petit tas de mortier, ou peut-être qu'il y a même pas d'édifice et même pas de brique, peut-être que t'es juste une petite bosse sur l'autoroute de l'évolution, une petite bosse qu'on sent même pas quand on passe dessus à cent milles à l'heure avec le quatre par quatre de l'Histoire, une bosse ridicule qui s'aplatit tranquillement, avec le temps.

LE GARS (LÉO). C'est ça, pis quand tu te brosses les dents, tu te regardes pis tu te demandes...

SIMON. ... tu te demandes à quoi ça peut bien servir une petite bosse sur une route de béton.

LE GARS (LÉO). C'est ça... non mais je sais pas, c'est...

SIMON. Désespérant.

LA FILLE (NATHALIE). Moi je dirais plutôt que c'est... quelque part c'est comme...

SIMON. ... révoltant.

LA FILLE (NATHALIE). C'est ça.

Le gars et la fille sont comme écrasés par ces cruelles constatations. Il y a un silence.

SIMON *(timidement)*. Bon. Ça va être 12,95 $.

LE GARS (LÉO). Quoi ?

SIMON. Pour les phrases, ça va être 12,95 $.

LA FILLE (NATHALIE). Wow ! Une minute, on a même pas dit oui.

SIMON. Mais vous les avez acceptées, mes phrases.

LE GARS (LÉO). Ben là, on savait pas qu'il fallait payer.

SIMON. Écoutez, c'est un prix d'amis. Pensez-y, c'est rien pour tout ce que vous avez réussi à dire.

LA FILLE (NATHALIE). Mais on peut pas payer ça, voyons donc, on est pas des... je veux dire, nous avez-vous regardés ? On travaille même pas pis... je veux dire on est des...

SIMON. ... des démunis.

LA FILLE (NATHALIE). C'est ça.

SIMON. Mais la pensée, voyons, ça a pas de prix !

LE GARS (LÉO). Mais tu comprends pas. On te dit qu'on peut pas payer.

SIMON. Mais à deux, c'est rien, 12,95 $, pis si vous me signez un contrat pour une couple de mois, je vous fais crédit.

LE GARS (LÉO). Hey, coudonc, toi, es-tu en train d'essayer de nous...

SIMON. De nous escroquer ?

LE GARS (LÉO). Quoi ?

SIMON. ... de nous arnaquer, de nous voler, de nous exploiter ?

LE GARS (LÉO). C'est ça. J'ai vu une émission à la TV sur des gars comme toi.

SIMON. Mais non, je suis pas comme ça, je vous le jure, tout ce que je veux, c'est vous aider.

LA FILLE (NATHALIE). Mais on vous a rien demandé.

SIMON. Je le sais mais, pensez-y, ce que je vous propose, ça pourrait changer votre vie.

LA FILLE (NATHALIE). Mais qui vous a dit qu'on voulait changer... on sait pas...

SIMON. ... on sait pas vraiment ce qu'on veut parce qu'on n'a pas assez de vocabulaire pour l'expliquer.

LA FILLE (NATHALIE). Non mais c'est pas ça que je voulais dire, ce que je voulais dire c'est...

SIMON. ... c'est qu'on a peur de ce qu'il y a au bout de nos phrases, et c'est pour ça qu'on veut pas les finir.

LA FILLE (NATHALIE). Non, c'est pas ça du tout, je veux dire...

SIMON. ... je veux dire que les mots restent pris dans ma gorge.

LE GARS (LÉO). Là, ça suffit ! Laisse ses phrases tranquilles, compris ?

SIMON. Mais c'est seulement pour vous montrer.

LE GARS (LÉO). Tu dis ça, mais tout à l'heure tu vas nous sortir la grosse facture.

SIMON. Mais non, c'est pas ça, vous comprenez pas.

LE GARS (LÉO). Ce que je comprends c'est que t'es un...

SIMON. ... un gars mal pris.

LE GARS (LÉO). Hey, arrête ça O.K. ? Sans ça, je...

SIMON. ... je te casse la gueule, hostie !

LE GARS (LÉO). Ça suffit ! T'es complètement bouché, toi coudonc ? On veut rien savoir de tes hostie de phrases complètes, comprends-tu ça ?

LA FILLE (NATHALIE). Ouin, on aime ça nous autres, les phrases pas finies... On trouve ça... on trouve ça euh...

SIMON. Poétique ?

LE GARS (LÉO) *(prenant Simon par le collet)*. Non ! On trouve pas ça poétique, On trouve ça, point. O.K. ? On trouve ça, pis ça s'arrête là. C'est-tu clair ?

SIMON. Euh... Oui, oui. C'est très clair.

Le gars et la fille s'apprêtent à partir.

LE GARS (LÉO). Pis si j'ai un conseil à te donner, reviens plus rôder par ici parce que...

LA FILLE (NATHALIE). C'est vrai, ici, on vient ici tous les jours pis c'est comme...

SIMON. C'est comme notre...

LE GARS (LÉO) *(le menaçant)*. Hey !

SIMON. J'ai rien dit !

Le gars et la fille s'en vont. Simon demeure seul.

SIMON. Ici, c'est comme notre territoire. *(Il sort de sa poche une carte de visite.)* Simon Labrosse, finisseur de phrases.

NATHALIE. Le soir du troisième jour, Simon rentre chez lui, et vérifie son courrier. Fatigué et un peu amer, il se prend une bière légère.

Simon déchire son courrier en petits morceaux et s'ouvre une bière. Il met l'enregistreuse en marche.

SIMON. Tu vois Nathalie, je peux comprendre des choses extrêmement complexes comme le fonctionnement du cerveau et les rouages de la société. Mais les gens, je les comprends pas. Tu leur offres des services uniques, pour un prix dérisoire, des services qui pourraient les sortir de leur petite vie limitée, mais ils en veulent pas. Ils trouvent ça trop cher ! Est-ce que c'est comme ça, en Afrique, Nathalie ?

Léo, qui est toujours en train d'écrire à sa table, se met à réciter.

LÉO. Il pleut des briques sur le monde pourri.

SIMON. Pas tout de suite, Léo.

LÉO. Pourquoi, pas tout de suite ?

SIMON. Parce que... parce que *(montrant le public)* ils sont pas prêts. *(Au public.)* Non mais c'est vrai. Vous êtes pas prêt. La poésie de Léo, c'est très dur. Ça demande une préparation. *(À Léo)* Tout à l'heure, Léo, on va les mettre en condition.

LÉO. Mais j'en peux plus moi. Ça veut sortir, c'est plus fort que moi.

NATHALIE *(arrivant des coulisses avec sa cassette et son appareil vidéo)*. C'est l'heure de nos cinq minutes ?

SIMON. Non, non ! Pas du tout ! On enchaînait justement. *(À Léo, à voix basse.)* Léo, je t'en supplie. Tiens le coup. Ça sera pas long. Allez, vas-y : « Il y eut un soir, il y eut un matin... »

LÉO. Il y eut un soir, il y eut un matin, et Simon ne se découragea pas. Le matin du quatrième jour, le dollar canadien vaut 73 cents américains, et cela correspond exactement au nombre de portes auxquelles Simon a frappé ce mois-ci pour trouver un emploi. Il se dit que pour une coïncidence, c'est toute une coïncidence, et que c'est sûrement son jour de ch... de ch...

Simon est assis devant son ghetto. *Il tient dans sa main une plaque de métal sur laquelle est inscrit un nombre à quatre chiffres.*

SIMON. Alors, tu vois, c'est un objet très simple. Une plaque de métal rectangulaire, avec des chiffres dessus. Moi, sur la mienne, j'en ai quatre : 3.4.6.2. Ça s'appelle une adresse, Nathalie. On dirait que je me reconnais là-dedans. La simplicité, le dépouillement, mais aussi une espèce de détermination : les chiffres debout, bien droits, qui regardent en avant, c'est moi ça, tu comprends ? Tu vois, Nathalie, la vie, c'est comme ça ici : quatre petits chiffres sur une plaque de métal, pis tu te sens à l'abri.

On frappe à la porte. Simon prend tout de suite son adresse et la serre sur son cœur.

SIMON. Oui. Qu'est-ce que c'est ?

LA FILLE DE LA FINANCE (NATHALIE). Huguette Hurteau.

SIMON. C'est pas ce que tu penses, Nathalie.

LA FILLE DE LA FINANCE (NATHALIE). Ouvrez-moi. J'ai un mandat. *(Dépité, Simon ouvre.)* Je suis bien au 3462 Bruchési ?

SIMON. Euh... Oui.

LA FILLE DE LA FINANCE (NATHALIE). Et ça c'est bien un appareil acheté à crédit chez GHETTO INTERNATIONAL ?

SIMON. Euh... Oui.

LA FILLE DE LA FINANCE (NATHALIE). J'ai un mandat de saisie.

SIMON. Quoi ? *(S'adressant à Nathalie dans le* ghetto.*)* Inquiète-toi pas, Nathalie, c'est rien.

LA FILLE DE LA FINANCE (NATHALIE). Le contrat d'achat était très clair, Monsieur Labrosse. Article quatre. Trois mois de retard dans les paiements entraîneront immédiatement la saisie. Avez-vous la somme ?

SIMON. Quelle somme ?

LA FILLE DE LA FINANCE (NATHALIE). Les trois paiements qui manquent.

SIMON. Maintenant ?

LA FILLE DE LA FINANCE (NATHALIE). Immédiatement.

SIMON. Euh... non. Pas vraiment.

LA FILLE DE LA FINANCE (NATHALIE). Alors, je suis désolée, mais je saisis.

Elle veut s'approcher du ghetto. *Simon s'interpose.*

SIMON. Mais voyons, vous pouvez pas faire ça ! *(S'adressant au* ghetto.*)* Inquiète-toi pas, Nathalie, je vais tout arranger ça. *(À la fille de la finance.)* Écoutez, donnez-moi trois jours, pis je vais trouver l'argent.

LA FILLE DE LA FINANCE (NATHALIE). Je suis désolée, mais j'ai des instructions. Pis j'ai une grosse journée qui m'attend.

Elle s'empare de l'appareil et se dirige vers la porte. Simon se précipite et lui barre le chemin.

SIMON. Attendez ! L'argent, je l'ai pas, c'est vrai, mais je pourrais vous payer autrement.

LA FILLE DE LA FINANCE (NATHALIE). Comment ça, autrement ?

SIMON. En services, par exemple.

LA FILLE DE LA FINANCE (NATHALIE). Quel genre de services ?

SIMON *(reprenant confiance).* J'en ai tout un assortiment ; ça dépend de vos besoins. Vous, par exemple, euh... je pourrais... je pourrais vous flatter.

LA FILLE DE LA FINANCE (NATHALIE). Me flatter ?

SIMON. Oui. Je suis flatteur d'egos. C'est ma profession.

LA FILLE DE LA FINANCE (NATHALIE). Je peux pas accepter. C'est l'argent ou la saisie. C'est écrit ici.

SIMON. Mais j'offre pas ce service-là à n'importe qui. Si je vous l'offre à vous, c'est parce que... parce que vous êtes vraiment quelqu'un d'exceptionnel.

LA FILLE DE LA FINANCE (NATHALIE). Vous trouvez ?

SIMON. C'est évident. Je l'ai compris tout de suite quand vous êtes entrée.

LA FILLE DE LA FINANCE (NATHALIE). Comment ça ?

SIMON. La façon que vous avez d'entrer chez les gens, de vous imposer, avec un mélange de politesse et de fermeté, c'est très très rare.

LA FILLE DE LA FINANCE (NATHALIE). C'est vrai que, à ce niveau, là, je suis assez spéciale.

SIMON. Mais c'est pas tout. Votre façon de saisir, de vous emparer des biens d'autrui, comme ça, avec une assurance, une justesse de ton. Je vous le dis franchement,. j'ai jamais vu ça.

LA FILLE DE LA FINANCE (NATHALIE). Vraiment ?

SIMON. Vous avez jamais pensé à vous lancer au niveau international ?

LA FILLE DE LA FINANCE (NATHALIE) *(confuse)*. Ben là, vous exagérez...

SIMON. Pas du tout. je vous vois très bien saisir une ville, par exemple, ou un pays. Vous avez tout ce qu'il faut : la force de caractère, l'audace, le dignité. On doit vous le dire souvent, non ?

LA FILLE DE LA FINANCE (NATHALIE). Euh... non. Pas tellement.

SIMON. Vraiment ? Ça me surprend. Il me semble que ça crève les yeux. On vous regarde, et tout de suite, on est saisi... enfin je veux dire... on est subjugué par votre présence. Si je me mettais à énumérer tout ce qui vous distingue de la masse des gens, ça serait beaucoup trop long...

La fille de la finance ramollit de plus en plus. Elle s'assoit sur le bout du lit, tenant toujours le ghetto.

LA FILLE DE LA FINANCE (NATHALIE). Non, non, allez-y, allez-y...

SIMON. Je pourrais parler de toute l'intelligence qu'on voit briller dans vos yeux, mais je veux pas vous ennuyer avec ça...

LA FILLE DE LA FINANCE (NATHALIE). Non, non, continuez, vous m'ennuyez pas du tout.

SIMON *(changeant brusquement de ton)*. Laissez-moi le *ghetto*, pis je continue.

LA FILLE DE LA FINANCE (NATHALIE). Quoi ?

SIMON. Laissez-moi le *ghetto* pis je vous flatte, tous les jours, à l'heure qui vous conviendra.

LA FILLE DE LA FINANCE (NATHALIE) *(troublée)*. Mais je peux pas faire ça, voyons. J'ai des instructions.

SIMON. Laissez-moi le *ghetto*, pis je vous parle de votre patron qui est con parce qu'il voit pas votre immense talent.

Léo, qui a continué d'écrire ses poèmes à sa table pendant toute la scène, jette à terre tous les papiers qui recouvrent la table.

LA FILLE DE LA FINANCE (NATHALIE). Ça c'est vrai, je vaux dix fois plus que lui, mais...

SIMON. Laissez-moi le *ghetto*, pis je vous dis combien la société a besoin de vous, de vos capacités exceptionnelles.

Léo commence à lire à voix basse ses poèmes. Il cherche le ton juste et recommence toujours la même strophe.

LA FILLE DE LA FINANCE (NATHALIE) *(s'arrachant à sa torpeur)*. Je peux pas. Je vous dis que je peux pas. *(Reprenant ses esprits.)* Il faut que je parte. J'ai déjà perdu trop de temps. J'ai un *blender* à saisir à Ville Brossard dans vingt minutes exactement.

Léo murmure toujours : « il pleut des briques sur le monde pourri ». La fille de la finance se dirige vers la porte. Simon s'interpose.

SIMON. Faites pas ça. Ce *ghetto*-là, c'est comme une partie de moi. *(Simon tente d'arracher le* ghetto *des mains de la fille de la finance qui le tient solidement. Tout en tirant, il s'adresse au* ghetto.*)* Nathalie, ils veulent nous séparer, mais ils réussiront pas. Écoute-moi bien. Je vais tout faire pour rester en contact avec toi. Je vais trouver un moyen, je te le jure. À bientôt, Nathalie !

Léo récite de plus en plus fort : « il pleut des briques sur le monde pourri, des criss de grosses briques rouges... ».

LA FILLE DE LA FINANCE (NATHALIE). Ça suffit, il faut que j'y aille maintenant.

Elle sort. Simon crie.

SIMON. Nathalie ! 3462 Brèchesi. Oublie pas !

Léo s'avance devant le public et se met à déclamer.

LÉO. Il pleut des briques sur le monde pourri !

SIMON. Léo !

Léo s'arrête. Simon lui fait signe d'enchaîner.

LÉO. Le soir du quatrième jour, Simon regarde son courrier et ne voit rien qui pourrait ressembler à une lettre d'Afrique. Se sentant vaguement déprimé, il se souvient tout à coup d'une bouteille de whisky que son oncle lui a donnée le jour de sa première communion en lui disant : « Tiens mon petit gars, quand ça ira mal dans ta criss de vie, tu boiras ça à la santé de mon oncle Roger. »

Simon fouille en dessous du lit et en ressort une petite bouteille de whisky poussiéreuse pas encore entamée. Il l'ouvre et boit à même la bouteille.

LÉO. Le soir du quatrième jour, Simon boit une grande gorgée de whisky dégueulasse en pensant à son oncle Roger et à tous les démunis.

Simon demeure un moment silencieux.

NATHALIE. Il y eut un soir, il y eut un matin, et Simon, bien que légèrement déprimé, ne se découragea pas. Le matin du cinquième jour, le prix de la livre de beurre est à 2 dollars quatre-vingt quatre et le compte d'épargne de Simon aussi. Il se dit, que pour une coïncidence, c'est toute une coïncidence, et que c'est sûrement son jour de chance.

Simon a les mains sur les tempes.

SIMON. Nathalie, j'ai lu toute la nuit sur les phénomènes de télépathie. Le secret, il paraît que c'est la visualisation. Il faut que tu voies très bien la personne au moment précis où tu veux lui parler... *(Il se concentre un moment.)* Je te visualise super bien, là, Nathalie. Il est deux heures de l'après-midi, il fait chaud, tu portes un blouse blanche, légèrement transparente, qui colle complètement à ta peau. Tu marches la tête haute au milieu des démunis. T'as chaud, mais tu te plains pas. Tu souris. Ah ? Qu'est-ce que tu fais ? Attends, je me concentre un peu plus... Ça y est je te vois... Tu sors ton mouchoir... Tu te penches... Pourquoi ? Ah ! Tu essuies le nez d'un petit démuni. M'entends-tu, Nathalie ? Si tu m'entends, fais-moi un signe avec ton mouchoir, juste un petit signe, comme ça.

On frappe à la porte.

VOIX D'HOMME (LÉO). Labrosse ?

Simon sursaute.

SIMON. Qu'est-ce que c'est ?

VOIX D'HOMME (LÉO). C'est de la part du propriétaire.

SIMON. Monsieur Labrosse est pas ici. Monsieur Labrosse est en Afrique !

VOIX D'HOMME (LÉO). Ah oui ? Ben tu lui diras qu'il est mieux de revenir vite parce qu'il a pas encore payé son loyer. Compris ?

SIMON. Oui, oui, je lui fais le message ! *(Refermant les yeux.)* Nathalie, es-tu là ? M'entends-tu, Nathalie ? Ce matin, j'ai eu une idée. Une idée infaillible. Nathalie, qu'est-ce qui se passe ? Je te perds, là. Il y a trop de démunis autour de toi.

NATHALIE. Un peu plus tard, le même jour, Simon Labrosse met à exécution sa cinquième idée infaillible. Il s'installe sur un coin de rue achalandée et il attend.

Simon se place devant une grande affiche qui dit : NE VOUS EN FAITES PLUS. Il tient une tirelire et une petit minuterie.

Un couple dans la quarantaine, joué par Léo et Nathalie, fait son entrée. Elle, curieuse et dynamique, lui d'abord timide et effacé. Elle arrête devant Simon pendant que son mari continue son chemin.

LA FEMME (NATHALIE). Raymond, attends donc une minute.

L'HOMME (LÉO). Qu'est-ce que tu fais encore? Viens-t'en, ça nous intéresse pas.

LA FEMME (NATHALIE). Mais tu sais même pas ce que c'est.

SIMON. Le monde va mal, vous trouvez pas?

LA FEMME (NATHALIE). Hein? Ah oui, et comment!

SIMON. Prenez la pollution, c'est très inquiétant.

LA FEMME (NATHALIE). Parlez-moi-z-en pas, la pollution, j'y pense tout le temps.

SIMON. Ça vous inquiète?

LA FEMME (NATHALIE). Ça m'inquiète énormément!

L'HOMME (LÉO). Yolande, veux-tu t'en venir!

LA FEMME (NATHALIE). Attends!

SIMON. Vous pensez souvent aux gaz toxiques?

LA FEMME (NATHALIE). J'y pense c'est effrayant.

SIMON. Ça vous envahit?

LA FEMME (NATHALIE). Complètement.

SIMON. Payez-vous donc un petit répit.

LA FEMME (NATHALIE). Comment ça?

SIMON *(montrant sa tirelire).* Vous mettez un peu d'argent ici, et j'y pense pour vous.

LA FEMME (NATHALIE). Ah oui? Pendant combien de temps?

SIMON. Ça dépend de ce que vous mettez.

L'HOMME (LÉO). Yolande, qu'est-ce que tu fais?

LA FEMME (NATHALIE). J'ai envie d'essayer.

L'HOMME (LÉO). Voyons donc, gaspille pas ton argent.

LA FEMME (NATHALIE). Toi, on sait ben, les problèmes du monde, ça te dérange pas!

L'HOMME (LÉO). Qu'est-ce que t'en sais ?

LA FEMME (NATHALIE). T'as jamais l'air préoccupé.

SIMON. Peut-être que monsieur garde tout en dedans. Ça arrive assez souvent.

L'HOMME (LÉO). Mais non, c'est pas ça.

LA FEMME (NATHALIE). Tu le sais, Raymond, comme je m'en fais tout le temps. Je m'en fais pour les handicapés, pour ceux qui passent au feu, je m'en fais même pour le tiers monde, pis je suis jamais allée !

SIMON. Vous vous en faites trop. Vous avez besoin de repos.

LA FEMME (NATHALIE). Je suis épuisée, comprends-tu, Raymond ?

SIMON. Mettez l'argent ici.

LA FEMME (NATHALIE). Ah pis, tant pis, j'essaye. *(Elle fouille dans son sac.)* Un dollar, c'est-tu assez ?

SIMON. Euh... Ça peut aller.

L'HOMME (LÉO). Tu vas pas mettre ton argent sur la pollution, tu connais rien là-dedans.

LA FEMME (NATHALIE). Tant qu'à ça, c'est vrai, mais...

SIMON. Mais, j'ai beaucoup d'autres sujets à vous proposer. Si vous voulez, je m'en fais pour la violence urbaine, pour la pauvreté, la guerre, la maladie, la mondialisation de l'économie, la crise du politique, l'Afrique !

LA FEMME (NATHALIE). Qu'est-ce que t'en penses, Raymond ? Il y a pas mal de choix, hein ?

L'HOMME (LÉO). Bon, écoute, fais ce que tu veux. Mets-le ton dollar, pis viens-t'en.

LA FEMME (NATHALIE). Ben laisse-moi le temps de choisir. *(À Simon.)* C'était quoi, déjà, après maladie ?

SIMON. La mondialisation de l'économie.

LA FEMME (NATHALIE). L'économie, c'est la base. Je suis aussi bien de prendre ça, dans le fond.

SIMON. C'est un excellent choix.

L'HOMME (LÉO). Ben voyons donc, l'économie, ça sert à rien de s'en faire avec ça. Ça nous dépasse complètement.

LA FEMME (NATHALIE). Ben qu'est-ce que je vas prendre d'abord ?

L'HOMME (LÉO). Prends la guerre, tant qu'à faire !

LA FEMME (NATHALIE). La guerre, la guerre, ça me préoccupe pas tant que ça !

L'HOMME (LÉO). Des gars qui se tuent à coups de machette, des obus qui explosent dans les cours d'école, ça te fait rien, toi ?

LA FEMME (NATHALIE). J'ai pas dit ça, mais je le sais pas je... j'y pense pas si souvent que ça. En tout cas, pas aussi souvent qu'au prix du steak haché.

SIMON. C'est vrai que le prix du steak haché, c'est très préoccupant.

LA FEMME (NATHALIE). Chaque fois que je vais à l'épicerie, je me dis : comment ça se fait que c'est cher comme ça ?

SIMON. Bon, écoutez, vous mettez l'argent ici et vous allez magasiner. Moi, pendant ce temps-là, je pense à la mondialisation des marchés. D'accord ?

LA FEMME (NATHALIE). Euh... Laissez-moi réfléchir.

Un temps. La femme tient son dollar suspendu au-dessus de la tire-lire.

SIMON. En attendant, peut-être que monsieur aurait aussi un sujet de préoccupation ? La maladie, par exemple. Il y a justement des nouvelles bactéries.

L'HOMME (LÉO). La maladie, ça m'inquiète pas.

SIMON. Le chômage, peut-être ?

L'HOMME (LÉO). Le chômage non plus.

LA FEMME (NATHALIE). Dis pas ça, Raymond ! Le chômage, t'en parles souvent.

L'HOMME (LÉO). Ça m'inquiète pas, ça me donne envie de hurler ! Quand je pense qu'ils vont peut-être me mettre à pied, je voudrais tout casser !

LA FEMME (NATHALIE) *(surprise)*. Ben, voyons, Raymond, calme-toi.

L'HOMME (LÉO). Pis la misère, ça me donne envie de frapper !

LA FEMME (NATHALIE). Mon Dieu, Raymond, je savais pas ça.

L'HOMME (LÉO). Des gars qui sont obligés de quêter en pleine Amérique du Nord, ça me donne envie de *scratcher* des limousines, d'écrire « maudits chiens sales » sur les murs de la Banque Nationale, de...

LA FEMME (NATHALIE). Raymond !

SIMON. Calmez-vous, voyons ! Essayez de penser à d'autres choses.

L'HOMME (LÉO). À quoi ? À l'hépatite B ? Au sang contaminé ? Aux démunis qui peuvent même pas payer leur calvaire de loyer ?

SIMON. Ça c'est un très bon sujet. Si ça vous préoccupe, mettez de l'argent ici...

L'HOMME (LÉO). Ça me préoccupe pas, ça me révolte, comprends-tu ?

LA FEMME (NATHALIE). Raymond ! Mais qu'est-ce que tu dis là ?

L'HOMME (LÉO) *(à Simon)*. Si je mets deux piastres dans ton *timer*, vas-tu te révolter à ma place pendant deux minutes ?

SIMON. Ben là...

L'HOMME (LÉO). Pis si je mets cinq piastres, vas-tu y aller casser des vitres à Westmount ?

LA FEMME (NATHALIE). Là tu dépasses les bornes, Raymond ! Viens, on rentre à la maison !

La femme essaie d'entraîner son mari, mais celui-ci résiste.

L'HOMME (LÉO). Si je mets dix piastres, vas-tu descendre dans la rue ? Vas-tu le lever ton poing ? Vas-tu y aller au Ritz crier des noms aux calvaires de riches qui bouffent des bananes flambées ? Tiens. On va faire une affaire. Je mets une piastre pis tu cries en levant le poing, O.K. ?

LA FEMME (NATHALIE). Raymond, mais depuis quand tu veux crier, toi ?

SIMON. Je peux bien essayer, mais je...

L'HOMME (LÉO) *(déchaîné)*. Crie-le que je suis tanné d'être un b..., un b...

LA FEMME (NATHALIE). Un bon gars, Raymond !

L'HOMME (LÉO). C'est ça ! Crie-le que j'en peux plus d'être rais..., d'être rais...

LA FEMME (NATHALIE). Raisonnable, Raymond !

L'HOMME (LÉO). C'est ça, pis de me faire manger la laine sur le dos. Crie-le que j'ai dix livres de TNT dans l'estomac et que j'ai beau avaler tout le pepsi que je peux pour éteindre la mèche, ça va finir par sauter. Crie-le que je suis révolté parce que... parce que... parce qu'IL PLEUT DES BRIQUES SUR LE MONDE POURRI !

SIMON *(à voix basse)*. Léo, qu'est-ce que tu fais ? On n'a pas fini.

Léo sort de sa poche un papier chiffonné et se met à lire.

LÉO. Il pleut des briques sur le monde pourri.

Simon essaie de finir le sketch malgré tout. Il présente sa tirelire à Léo.

SIMON. Mettez l'argent ici, pis je vais essayer de me révolter.

Mais Léo ne joue plus.

LÉO. Il pleut des briques sur le monde pourri.

NATHALIE *(regardant sa montre)*. Quatre minutes cinquante !

Léo quitte la deuxième scène et s'avance vers le public.

LÉO. Des criss de grosses briques rouges
qui tombent comme des clous
et font des trous

SIMON. Prenez au moins ma carte.

LÉO. ... qui tombent comme des clous
et font des trous
dans les toits des maisons
et les cerveaux des petits garçons
qui n'ont rien demandé

SIMON. Simon Labrosse, allégeur de conscience.

LÉO. Il pleut des briques
des millions de briques sur le béton et le plastique

NATHALIE. Quatre minutes trente secondes !

SIMON. Parlez-en à vos amis !

LÉO. Il pleut des briques
pour faire des murs
des criss de grands murs de briques
pour se planter devant et se lamenter
se frapper la tête dessus et puis saigner.

Léo attend quelques secondes pour voir la réaction du public, puis il froisse son papier, le jette par terre et en prend un autre.

LÉO. J'haïs.
J'haïs le steak haché
les petits pois
et les biscuits au chocolat
j'haïs partir
j'haïs rester
j'haïs mon député.

Léo froisse le papier et le jette. Il regarde Simon. Ce dernier, vaincu, lui fait signe de continuer, puis il s'adresse au public à voix basse.

SIMON. Ça sera pas long.

NATHALIE. Quatre minutes !

LÉO *(lisant un autre poème ramassé par terre)*. Non !
Non.
Un mot comme une roche au fond d'un puits
Un mot comme un coup de fusil

Allez-y
demandez-moi
n'importe quoi
la réponse est là
comme un pétard dans ma bouche mouillée
Est-ce que j'ai assez dormi ?
Non
Est-ce que je veux encore du spaghetti ?
Non
Est-ce que la terre continue de tourner ?
Non
Est-ce que les filles sentent le lilas
au mois de mai ?
Non
Est-ce qu'il y a encore de l'... de l'...

SIMON. De l'espoir...

LÉO. ... pour l'humanité ?
Non. Non. Non.
Le mot ultime
le seul
l'unique
celui qui pèse une brique

NATHALIE. Trois minutes !

LÉO. C'est pourri.

SIMON. Continue, Léo.

Léo ramasse un autre bout de papier chiffonné.

LÉO. C'est pas ça.
C'est pas ça que je veux dire
C'est pas ça que je ressens
C'est pas ça qu'il faut faire
C'est pas ça que j'attends
C'est pas ça, c'est-tu clair ?
C'est pas ça, calvaire !
C'est pas ça !
C'est pas ça !

Enragé, Léo lance son poème et en prend un autre.

LÉO. Destruction.

Écraser un petit pois avec mon doigt
Démolir un biscuit au chocolat
Écrabouiller une cannette de pepsi
Déchirer une lettre de Revenu Canada
Déchiqueter un poème pourri

Tout en parlant, Léo se met à déchirer son poème. Il improvise la suite.

LÉO. Pulvériser les miettes
Arracher...
Arracher...
Arracher n'importe quoi

Léo arrache tout sur son passage.

Frapper
Assommer
Casser
Concasser
Broyer
Disloquer
Démanteler
Déglinguer
Démonter
Démantibuler
Fracasser
Bulldozer
Lancer par la fenêtre
tous les morceaux brisés

Léo se met à tout lancer un peu partout.

SIMON. Léo !

NATHALIE. Dernière minute !

Léo sort un briquet de sa poche et l'allume, cherchant quelque chose à enflammer.

LÉO. Allumer un feu
pendant que la cloche sonne
regarder ma vie qui brûle
sans réchauffer personne

SIMON. Léo, fais pas ça !

Simon court rejoindre Léo et lui enlève le briquet. Léo s'effondre.

SIMON. Ça va aller, Léo. Repose-toi un peu.

NATHALIE. Vingt secondes !

Léo prend une dernière boule de papier qui se trouve à ses pieds et récite sur un ton presque désespéré.

LÉO. J'haïs mon cortex, mon néocortex,
et mon bulbe rachidien
j'haïs mon âge, mon nez, mon front
j'haïs mon teint
j'haïs mon nom
et surtout
par-dessus tout
j'haïs mes poèmes
mes criss de poèmes idiots

Léo cache son visage dans ses mains, comme pour pleurer. Simon le prend par les épaules.

SIMON. C'était très bon, Léo. Je te jure.

LÉO. C'était pourri...

NATHALIE. C'est fini !

SIMON. Viens, maintenant, il faut continuer.

LÉO. Continuer quoi ?

SIMON. Ben ma vie...

LÉO. C'est con ta vie, Simon.

SIMON. C'est pas la question. Il faut continuer.

LÉO. Je suis plus capable.

SIMON. Pense à ton opération, Léo.

LÉO. C'est con mon opération.

SIMON. Mais non ! Pense aux poèmes magnifiques que tu vas écrire. Pense à toutes les filles que tu vas séduire avec tes nouveaux mots. Viens. On est presque rendus au bout.

Simon tire Léo, qui se laisse faire sans conviction. Pendant ce temps, Nathalie a commencé à installer son magnétoscope.

NATHALIE *(au public)*. Bon, alors, comme je vous le disais, l'autre jour, j'avais un malaise ici. Après un certain temps, je m'en vais chez le médecin, et puis...

SIMON *(tirant Léo)*. Viens, Léo !

Léo se laisse tirer péniblement. Il a manifestement perdu tout ressort. Simon tasse Nathalie, qui continue à parler.

NATHALIE. Alors je dis à mon médecin : c'est fou, j'ai l'impression qu'il y a quelqu'un dans mon pancréas.

SIMON. Nathalie, on continue ! Mets-toi ici, Léo. Vas-y.

NATHALIE. Il y a quelqu'un qui crie dans mon pancréas.

LÉO *(lisant sans conviction)*. Le soir du cinquième jour, Simon rentre chez lui.

SIMON. Plus fort !

LÉO. Le soir du cinquième jour, Simon rentre chez lui. Il ne lit pas son courrier, car il n'a aucun courrier, pas même une circulaire de Pharmaprix. Il se dit que la vie est laide et déprimante, et il finit en une seule gorgée la bouteille de whisky dégueulasse de son oncle Roger.

Simon regarde un instant Léo, furieux, puis il boit le whisky d'un trait. Après avoir bu, il est légèrement éméché et se met à se concentrer pour parler à Nathalie en Afrique.

SIMON. Nathalie... Nathalie... Qu'est-ce que tu fais ? je te vois pas bien...

On frappe à la porte. Une voix de femme se fait entendre.

VOIX DE FEMME (NATHALIE). Simon Labrosse ?

Simon ne répond pas.

VOIX DE FEMME (NATHALIE). C'est de la part du propriétaire !

Simon ferme les yeux.

SIMON. Bouge pas, Nathalie.

VOIX DE FEMME (NATHALIE). Il fait demander si t'as choisi la station de métro où tu vas dormir la semaine prochaine.

Simon met ses mains sur ses oreilles pour ne pas entendre.

VOIX DE FEMME (NATHALIE). Penses-y comme il faut ! C'est un choix important !

La femme éclate de rire et s'en va. Simon ouvre les yeux.

SIMON. Nathalie, attends ! Va-t'en pas tout de suite !

Nathalie revient vers le public.

NATHALIE. Alors donc, je dis à mon médecin : il y a quelqu'un qui crie dans mon...

SIMON *(excédé).* Nathalie ! Enchaîne !

NATHALIE. Il y eut un soir, il y eut un matin et Simon commença à trouver que c'était complètement désespérant. Le matin du 6e jour, l'indice Dow Jones est en chute libre, et Simon aussi. Il se dit que pour une coïncidence, c'est une criss de coïncidence, et que *et cœtera, et cœtera...*

Simon se concentre pour communiquer avec Nathalie en Afrique.

SIMON. Qu'est-ce que tu fais, Nathalie ? Tu t'assois à ton pupitre ? C'est une bonne idée. Tu sors un papier, un stylo... tu réfléchis, tu écris ! Euh... Cher Simon... Euh... chaque jour je pense à ta joue rugueuse sous mes doigts et ça me donne des frissons... Euh... Merci pour les cassettes... Si tu savais comme elles m'ont fait du bien... Je me sens si loin, en Afrique.

On frappe à la porte. Une voix d'homme se fait entendre.

LE GARS DE LA POSTE (LÉO). Simon Labrosse ?

SIMON. Il est pas ici, Simon Labrosse. Il est mort, Simon Labrosse ! Coupé en petits morceaux, jeté dans un sac vert. C'est-tu clair ?

LE GARS DE LA POSTE (LÉO). Mais qu'est-ce que je fais, moi là ? J'avais un colis pour lui.

SIMON. Un colis ? Attendez !

Simon se précipite pour ouvrir la porte. Léo apparaît. Il joue le gars de la poste sans conviction. Il tient dans ses mains un paquet attaché avec de la ficelle.

SIMON. Je me présente : Simon Labrosse... euh... receveur de colis.

LE GARS DE LA POSTE (LÉO). Ah ! *(Il lui remet le paquet et lui tend une feuille et un stylo.)* Signez ici.

Simon ignore la feuille que lui tend le gars de la poste. Il regarde le paquet, complètement ému.

SIMON. Nathalie, c'est trop ! J'attendais une lettre, tu m'envoies un paquet. T'as fait une folie, je le sens. Attends, laisse-moi deviner...

LE GARS DE LA POSTE (LÉO). Euh... Pourriez-vous signer ici ?

SIMON. Un scarabée géant ? Un mini-éléphant ? Une lettre de huit cents pages, écrites des deux côtés ? T'aurais pas dû, Nathalie !

LE GARS DE LA POSTE (LÉO). Écoutez, vous pouvez discuter avec votre paquet tant que vous voudrez, mais avant, signez ici, O.K. ?

SIMON. Chut ! Bon, Nathalie, j'y vais. *(Il commence à défaire le paquet.)* Je te dis que c'est emballé solidement ! On dirait des petites boîtes... *(Il déchire finalement le papier et des dizaines de cassettes emballées dans du papier brun tombent sur le sol. Simon est éberlué.)* Des cassettes ? Nathalie, tu me surprends, là. *(Il prend quelques cassettes, les regarde..)* Mais, attends donc un peu...C'est mon écriture, pis c'est... c'est mes cassettes ça ! *(Au gars de la poste.)* Regardez, c'est mes cassettes. Toutes les cassettes que j'ai envoyées à Nathalie, en Afrique. Qu'est-ce que ça veut dire ?

LE GARS DE LA POSTE (LÉO). Regardez donc ce qui est écrit ici.

SIMON *(lisant sur la cassette)*. Destinataire inconnu.

LE GARS DE LA POSTE (LÉO). Bon maintenant, voulez-vous signer ici, que je puisse m'en aller ?

SIMON. Jamais de la vie. Ça serait trop facile. Vous me rapportez les cassettes que vous êtes censé avoir livrées, pis moi je signe comme un épais pis on en parle plus, c'est ça ?

LE GARS DE LA POSTE (LÉO). Hey, une minute ! Moi, j'ai rien à voir là-dedans. Je suis juste un messager, O.K. ?

Simon sent monter en lui une immense colère. Il prend le gars de la poste par le collet.

SIMON. Écoutez-moi bien ! J'ai dit à Nathalie que je lui ferais des cassettes, je lui ai fait des cassettes. Je les ai enregistrées, emballées, timbrées, je les ai mises dans la boîte aux lettres. Après ça, c'est à vous autres de jouer. J'ai fait mon bout, faites le vôtre. O.K. ?

LE GARS DE LA POSTE (LÉO). Mais elle est pas là, ta Nathalie, tu comprends pas ?

SIMON. Qu'est-ce que vous en savez ?

LE GARS DE LA POSTE (LÉO). T'as dû te tromper de pays, ou ben de continent.

SIMON. Mais non, ça se peut pas.

LE GARS DE LA POSTE (LÉO). Ben d'abord, c'est elle qui veut rien savoir de toi.

SIMON. Écoutez-moi ben, c'est pas un petit messager de Postes Canada qui va venir me dire ce que Nathalie pense de moi, O.K. ? Ça fait que vous allez me trouver une autre raison, immédiatement.

LE GARS DE LA POSTE (LÉO). Mais qu'est-ce que tu veux que je te dise ? Elle est pas là, comprends-tu, envolée, jamais vue à cette adresse. Pis, peut-être qu'elle existe même pas, ta criss de Nathalie ?

Simon reçoit cette dernière phrase comme un coup de poing au visage.

SIMON. Quoi ? Là, je regrette, mais ça suffit ! J'ai mes limites, moi aussi. Tu vas fermer ta petite gueule de petit messager pis tu vas m'écouter, O.K. ?

Il se précipite sur Léo, et et lui enfonce le papier chiffonné dans la bouche.

SIMON. Comme ça, tu penses qu'elle existe pas, Nathalie ? J'ai tout inventé ça, hein ? Pis l'Afrique aussi, je l'ai inventée, peut-être ?

Léo essaie de parler mais il ne réussit qu'à émettre des sons incompréhensibles.

SIMON. D'après toi, je l'ai pas vue passer devant chez nous, tous les matins, pendant des mois. Pis je l'ai pas suivie, un beau jour, jusqu'à l'université. C'était juste dans ma tête, je suppose ! Pis j'imagine que je me suis pas cachée non plus dans la fond de la bibliothèque des dizaines de fois pour la regarder faire ses travaux.

Nathalie entre en scène et joue l'autre Nathalie, assise à la table, en train de travailler.

SIMON. Je suis pas resté là, pendant des heures, à m'émouvoir de ses petits gestes. Pis, bien entendu, je l'ai pas vue un samedi après-midi marcher dans la rue en criant « justice pour les démunis » ! Et après, dans un café du centre-ville, je l'ai pas entendue rigoler avec ses amis, puis parler de son projet de partir en Afrique ! Pis évidemment, d'après toi, je l'ai pas vue, un bon matin, avec une valise bourrée à pleine capacité. J'ai pas senti mon cœur s'arrêter, pis j'ai pas trouvé le courage de m'avancer droit sur elle et de lui parler.

Simon se tourne vers Nathalie, qui s'avance portant une valise.

SIMON. Euh... Bonjour !

Nathalie échappe un papier qu'elle tenait dans sa main. C'est un billet d'avion. Simon le ramasse et y jette un rapide coup d'œil.

SIMON. Vous partez en avion ?

Nathalie ne répond pas. Elle le regarde, intriguée.

SIMON. Oui, je sais, c'est difficile de s'en aller. On a peur de s'ennuyer. Pis, surtout, on a peur que personne nous attende, au retour. Si vous voulez, moi je pourrais vous attendre. Je me présente : Simon Labrosse, amoureux à distance.

Nathalie ne dit toujours rien.

SIMON. Je pourrais vous envoyer des cassettes aussi. Écrire, c'est pas ma spécialité, mais parler, j'ai ça naturel. C'est un don. En échange, vous pourriez m'envoyer une lettre de temps en temps. Hein ? Ça fait du bien d'écrire à quelqu'un quand on est loin.

Nathalie ne dit toujours rien.

SIMON. Qu'est-ce que vous en pensez, Nathalie ? C'est bien ça votre nom ? Je l'ai vu sur le billet d'avion. Mais je l'avais déjà deviné. Quand on les yeux que vous avez, on peut pas s'appeler autrement. Alors, est-ce que vous êtes d'accord ?

Nathalie sourit et touche la joue de Simon avec le dos de sa main. Celui-ci est complètement sous le charme. Elle prend sa valise et s'en va doucement.

SIMON. Attendez ! On pourrait peut-être se tutoyer, maintenant qu'on est des amis !

Sans se retourner, Nathalie agite sa main pour lui dire au revoir, puis elle sort.

Simon reste un moment sans bouger, puis il se tourne vers Léo, qui a toujours du papier plein la bouche.

SIMON. Un sourire comme ça, ça voulait pas dire oui, peut-être ? Oui, envoie-moi des cassettes, oui, je vais t'écrire, oui, on est des amis. Pis je l'ai pas vu, peut-être, le mot Afrique sur son billet d'avion, pis un nom de pays qui finissait en « i » ?

Léo essaie de nouveau de parler.

SIMON. Alors tu vas repartir avec mes cassettes pis on recommence à zéro. O.K. ?

Simon enlève le papier que Léo a dans la bouche.

LÉO. J'haïs les filles
qui vous touchent la joue
et vous laissent là
J'haïs les gars
qui envoient des cassettes
à des filles comme ça

SIMON. Des Nathalies qui aident les démunis en Afrique, il doit pas y en avoir tant que ça. Il faut chercher méthodiquement, c'est tout.

LÉO. J'haïs les filles
qui répondent pas
parce qu'elles sont loin
ou bien parce qu'elles n'existent pas.
j'haïs l'e... l'e..

SIMON. L'espoir ?

LÉO. ... des gars qui comptent sur Postes Canada
pour changer leur vie
j'haïs la vie de ces gars-là
et qui me demandent, en plus, de jouer dedans.

Léo regarde Simon.

LÉO. J'en peux plus, Simon. Je peux plus continuer.

Léo s'effondre.

SIMON. C'est pas grave Léo. C'est ta maladie qui t'épuise comme ça. Tu le sais. Tu vas aller te reposer.

Simon entraîne Léo vers la sortie.

LÉO. Mais toi, qu'est-ce que tu vas faire ?

SIMON. Je vais me débrouiller. Vas-y.

LÉO. J'haïs partir, hostie.

Léo, sort, piteux. Simon le regarde s'éloigner. Nathalie profite de ce silence pour se ramener avec son magnétoscope.

NATHALIE. Bon. Alors, comme je vous le disais, j'ai dit à mon médecin : il y a quelqu'un dans mon pancréas. Bien entendu, il voulait pas me croire. Mais moi j'ai insisté.

Sans porter attention à Nathalie, Simon tente de terminer le sixième jour.

SIMON. Le soir du sixième jour, Simon essaie d'entrer en contact avec son amie Nathalie, partie en Afrique aider les plus démunis. Mais il ne sait trop pourquoi, la communication est extrêmement difficile.

Il ferme les yeux et met ses mains sur ses tempes.

SIMON. Nathalie… Nathalie… je te vois pas bien là…

Nathalie jette un regard sur Simon puis elle enchaîne avec sa présentation.

NATHALIE. J'ai dit à mon médecin : comment vous pouvez être sûr qu'il y a personne dans mon pancréas ? Vous avez même pas regardé.

J'ai tellement insisté que finalement il m'a emmenée à l'hôpital ; dans une salle pleine de machines, il a allumé une petite T.V., puis il a dit : déshabillez-vous. J'ai tout enlevé. Il a mis un drôle de produit sur mon corps, une espèce de gelée, puis il a passé un drôle de machin sur mon ventre, sur mes côtes, sur ma poitrine. Il m'a montré l'écran pis il a dit : regardez, il y a personne dans votre pancréas, mademoiselle, ni dans votre œsophage, ni dans votre côlon. Il y a personne, nulle part. Alors j'ai regardé sur la petite T.V. et j'ai vu ça.

Nathalie met sa cassette dans l'appareil et le met en marche. Ce sont des images très floues d'une échographie, où l'on ne distingue pas grand-chose.

SIMON. Nathalie, qu'est-ce qui se passe ? C'est tellement sombre. On dirait qu'il va y avoir un orage.

NATHALIE. J'ai été tout de suite bouleversée. On aurait dit un film suédois, mais en plus intense. Regardez. Ça c'est le début. C'est étrange et sombre. On dirait l'Afrique, la nuit, vous trouvez pas ?

SIMON. Est-ce qu'il y a des orages en Afrique, Nathalie ?

NATHALIE. Il y a comme du vent, et puis, si on regarde bien, on voit comme des collines, pis il y a comme de la brume tout autour. Il y a une atmosphère extraordinaire, vous trouvez pas ?

SIMON. Je te distingue pas bien, Nathalie.

NATHALIE. C'est juste le début, pis on est déjà complètement captivés. Pis tout à coup, *(Elle regarde l'écran.)* ... attendez, ça s'en vient. Mais il faut regarder très attentivement. Au loin, comme à l'arrière-plan, on voit apparaître quelque chose qui bouge. Qui s'ouvre, qui se ferme, comme une bouche. À ce moment-là, j'ai crié à mon médecin : regardez, il y a comme une bouche, là. Une bouche qui bouge. C'était tellement beau ! J'ai crié : s'il y a une bouche, ça veut dire qu'il y a quelqu'un !

SIMON. Je sais plus, Nathalie, si c'est toi ou un petit arbre que je vois.

NATHALIE. Mais lui, avec ses lunettes épaisses comme ça, il voyait rien. Mais vous, vous la voyez la bouche, hein ? C'est tellement dramatique, vous trouvez pas ? On dirait un film muet des années vingt, avec une femme qui crie dans la nuit. Regardez.

Sur l'image vidéo, c'est toujours aussi flou.

SIMON. Nathalie, je te perds, là.

NATHALIE. J'ai dit à mon médecin : je veux la cassette ! Il voulait pas me la donner, évidemment, mais j'ai insisté pis il a fini par accepter. J'ai couru chez mon ami Jean-Stéphane qui fait de la vidéo. Il a regardé ça pis il a dit : Nathalie, c'est extraordinaire ! J'ai dit : quoi ? Il a dit : c'est un *hit*, ma vieille !! *(Très émue.)* J'ai dit : t'es pas sérieux ! Il a dit : c'est évident, il y a tout là-dedans : du drame, de la beauté, c'est moderne et classique en même temps. Il a dit qu'il en parlerait à un producteur français. *(Nathalie arrête la vidéo.)* J'ai dit, j'en reviens pas. C'est mes organes qui sont intenses comme ça !

SIMON. Nathalie, je...

NATHALIE. Je vous offre une primeur, comprenez-vous ? J'ai apporté des bons de commande. 14,95 $. Je les laisse à la sortie. Maintenant, Simon, il faut que j'y aille. Il y a le producteur français qui m'attend ce soir, justement. As-tu l'argent ?

SIMON. Hein ? Quel argent ?

NATHALIE. Ben, ma paye. On avait dit que...

SIMON. Euh... Non, je l'ai pas. Pas tout de suite, mais... *(Nathalie va chercher le* ghetto.*)* Nathalie, qu'est-ce que tu fais ?

NATHALIE. Ben, je reprends mon *ghetto*. Écoute, il faut vraiment que j'y aille ; c'est plate, Simon, mais tu comprends, c'est la chance de ma vie.

SIMON. Nathalie va-t'en pas tout de suite ! Je... J'ai besoin de toi.

NATHALIE *(au public)*. Je mets les bons de commande à la sortie. Mais dépêchez-vous, j'ai pas beaucoup de copies.

SIMON. Nathalie !

NATHALIE *(au public)*. Ça s'appelle : « Mon intérieur, la nuit. »

Nathalie sort. Simon se retrouve seul. Il accuse le coup.

SIMON. Il y eut un soir, il y eut un matin et Simon ne se découragea pas. Le matin du septième jour, il est un tout petit peu fatigué, alors... le matin du septième jour, il se repose.

Il y a un long temps. Simon regarde tout autour. Après tant de paroles et tant d'agitation, le silence crée une espèce de malaise. Au bout d'un moment, il donne des coups sous la table, pour donner l'illusion qu'on frappe à la porte.

SIMON. Qu'est-ce que c'est ?

Simon frappe de nouveau sous la table avec insistance.

SIMON. Oui je sais, c'est pour le loyer. Mais il y a pas de problème, je viens d'avoir une idée.

Simon détourne la tête pour imiter la voix de l'homme de l'autre côté de la porte.

L'HOMME (SIMON). Elle a besoin d'être bonne en criss, ton idée.

SIMON. Elle est infaillible. Écoutez bien ça. Quand un gars a plus rien, il lui reste sa vie. Je veux dire, il peut toujours raconter sa vie !

L'HOMME (SIMON) *(éclatant d'un rire méchant)*. Pis tu penses que le monde va payer pour ça !

SIMON. Je suis sûr que ça va marcher.

L'homme, joué par Simon, éclate d'un grand rire. Simon s'avance vers le public.

SIMON. Bon, ben, c'est ça. Je veux dire, ma vie, c'était ça. Ce soir, c'était un peu confus, mais demain, ça va aller mieux. Alors euh... Parlez-en à vos amis. Je veux pas vous mettre trop de pression, mais ça presse un petit peu. Il y a mon loyer à payer, pis il faut que je rachète mon *ghetto*, pis il y a l'opération de Léo, alors euh... parlez-en, O.K. ? Bonsoir.

L'éclairage baisse lentement sur Simon. Comme les gens commencent à bouger, Simon revient à la charge.

SIMON. Ah j'oubliais ! J'aimerais ça, euh... j'aimerais ça aller en Afrique. J'ai compté : il y a 14 pays qui finissent en « i » en Afrique. C'est pas tant que ça. Si je les fais un par un, je vais finir par la trouver. Mais pour partir, il faut que je ramasse de l'argent. Je veux dire : plus d'argent. Alors j'ai un petit *side line*. C'est quelque chose que je fais, l'après-midi. Je vais chez les gens. Chez vous, par exemple. Je m'assois dans un coin, je respire, je fais du bruit avec mes dents, je parle des cheveux qui poussent, du froid qu'il fait, des événements, de la petite douleur que j'ai sur le côté, du temps que ça prend pour oublier, je chantonne les succès du palmarès en regardant mes pieds, je tousse, je me gratte avec intensité, je ris énormément. Je reste là, jusqu'au souper, si vous voulez. Je suis très intéressant. Vous allez me dire, on a déjà la télé pour ça. Mais moi, je suis *live*... Je veux dire, je suis vivant. Et je coûte presque rien. Pensez-y. J'ai laissé ma carte à la sortie. Simon Labrosse, remplisseur de vide.

Ouvrage réalisé
par Luc Jacques, typographe.
Achevé d'imprimer
en août 2016
sur les presses
de Marquis Imprimeur
pour le compte de
Leméac Éditeur
Montréal

Dépôt légal
1re édition : juin 1999
(ÉD. 01 / IMP. 08)
Imprimé au Canada